阿瑟·米勒 作品系列

The Price

代价

阿瑟·米勒 著 麦熙雯 译

上海译文出版社

目　　录

导　言

美国戏剧的良心：阿瑟·米勒

在当代美国剧作家当中，自尤金·奥尼尔于一九五三年逝世后，最受西方重视的当属阿瑟·米勒、田纳西·威廉斯和爱德华·阿尔比三人。阿尔比属于荒诞派之列。米勒和威廉斯则接近现实主义，他俩都在探讨“人生意义”，但两人的创作方法迥然不同。威廉斯以《玻璃动物园》、《欲望号街车》和《热铁皮屋顶上的猫》三剧赢得了国际声誉，是一位斯特林堡式的作家；他侧重情感，注重剖析人的境遇和精神状态，而其笔下的人物也多半是精神上深受压抑或遭到社会排斥的底层人物。威廉斯力求通过剧作来揭示当代美国的社会病态，探讨人生的真正价值。米勒则以《推销员之死》、《萨勒姆的女巫》和《桥头眺望》等剧获得国际声誉，是一位易卜生式的社会剧作家；他着重理智，关怀整个人性。他认为舞台应是一个比单纯娱乐更为重要的传播思想的媒介，应为一个严肃的目标服务。

阿瑟·米勒本人曾说“艺术应该在社会改革中发挥有效作用”①，“伟大的戏剧都向人们提出重大问题，否则就只不过是纯艺术技巧罢了。我不能想象值得我花费时间为之效力的戏剧不想改变世界，正如一个具有创造力的科学家不可能不想证实各项已知事物的正确性”②。

一

阿瑟·米勒一九一五年十月十七日出生于纽约。父亲是犹太裔的妇女时装商，于三十年代初美国经济大萧条时期破产；母亲是中学教员，为此只好靠变卖她的首饰维持家庭生计，渡过难关。米勒中学毕业后到一家汽车零件批发公司工作了两年，积攒些钱后进入密歇根大学新闻系和英文系学习，开始试写剧本，并两次获得校

① 阿瑟·米勒自传《时移世变》，格罗夫出版社，第 93 页。
② 同上书，第 180 页。

内霍普沃德写作竞赛戏剧奖。在校内，他为了获得生活补助金，曾在生物试验室任养鼠员，并在学生主办的校园《日报》社担任记者和编辑。一九三八年，他获文学学士学位，从该校毕业后，一九四一年至一九四四年期间，他在一家制盒工厂干活，后又在海军船坞充当安装技工的助手，同时为哥伦比亚广播公司和全国广播公司撰写广播剧。他还当过卡车司机、侍者、面包房送货员、仓库管理员和电台歌手。一九四四年，他到陆军十一营为电影《大兵故事》收集素材，出版了报告文学《处境正常》，同年《鸿运高照的人》问世，这是他第一部在百老汇上演的剧本。

一九四七年，米勒的剧本《都是我的儿子》上演，获纽约剧评界奖，使他一举成名。这是一出易卜生式的社会道德剧，写一家工厂老板在第二次世界大战期间向军方交付不合格的飞机引擎的汽缸，致使二十一名飞行员坠机身亡。他嫁祸于人，虽然逃脱了法律制裁，却受到良心的谴责。最后他认识到那些丧命的飞行员“都是我的儿子”，遂饮弹自尽。

接着，《推销员之死》于一九四九年发表，在百老汇连续上演了七百四十二场，荣获普利策奖和纽约剧评界奖，从而使米勒赢得国际声誉。剧本叙述一名推销员威利·洛曼悲惨的遭遇。威利因年老体衰，要求在办公室里工作，却被老板辞退。他气愤地说：“我在这家公司苦苦干了三十四年，现在连人寿保险费都付不出！人不是水果！你不能吃了橘子扔掉皮啊！”（剧中一直没有交代他在推销什么，有人问作者，他说：“威利在推销他自己。”）威利在懊丧之下，责怪两个儿子不务正业，一事无成。儿子反唇相讥，嘲笑他不过是个蹩脚的跑街罢了。老推销员做了一辈子美梦，现在全都幻灭了，自尊心受到严重挫伤。他梦呓似的与他那已故的、在非洲发财致富的大哥争论个人爱好的事业，最后他为了使家庭获得一笔人寿保险费而在深夜驾车外出撞毁身亡。全剧手法新颖，无需换景，借助灯光即可随时变换时间和地点。剧中现在和过去的事相互交错。这出戏在一定程度上批判了美国的商业竞争制度。

五十年代初，米勒改编的易卜生的《人民公敌》上演，也获得好评。当时美国麦卡锡主义兴起，米勒于一九五三年根据北美殖民地时代的一桩株连无数人的“逐巫案”写出了历史剧《炼狱》，以影射当时非美活动调查委员会对无辜人士的迫害。这一时期，米勒因早期参与左翼文艺活动而屡次受到非美活动调查委员会的传讯。一九五七年，他因拒绝说出以前曾和他一起开过会的左派作家和共产党人的名字而被判“蔑视国会”罪，处以罚金和三十天徒刑，缓期执行，直到一九五八年八月上诉法院才将这一罪名撤销。这一时期，他还写了一出反映三十年代美国职工生活、带有自传性的感伤独幕剧《两个星期一的回忆》和一出反映意大利籍工人在美国的不幸遭遇的两幕悲剧《桥头眺望》。米勒于一九五六年和一九五九年先后获密歇根大学荣誉文学博士学位和美国全国文学艺术研究院金质戏剧奖章。

一九五五年米勒和妻子玛丽·斯赖特瑞离婚，次年与好莱坞名演员玛丽莲·梦露结婚。一九六〇年他把自己的一个短篇小说改编成同名电影剧本《乱点鸳鸯谱》，由梦露和克拉克·盖博主演。一九六一年电影拍摄完成后，两人因性格悬殊而离婚。一九六二年他与奥籍摄影师英格博格·莫拉斯结婚。

一九六四年米勒发表了一出反映现代人在社会上生存问题的自传性色彩相当浓厚的剧本——《堕落之后》。剧情是一名律师昆廷因两次婚姻失败，回忆他和两个离了婚的妻子之间的爱恨交织的关系，以及新近相识的奥籍考古学家霍尔佳给他带来恢复生活信心的希望。剧中还穿插了昆廷回忆自己的父母之间的纠葛，纳粹集中营的惨状和非美活动调查委员会对左翼知识分子的传讯。昆廷经过对生活经历的反思领悟到人类自从亚当犯了原罪堕落之后，就具有犯罪的本能和残杀成性、背信弃义等品质；人只认识到爱是远远不够的，更需要面对生活而无所畏惧。有些西方评论家认为米勒敢于暴露自己的灵魂而写出了一部意义深远的自传体文献，堪与奥尼尔的《长夜漫漫路迢迢》相并列而无愧。但是，剧中的当红歌星玛吉痛恨那些围在她周围的人只知让她为他们挣钱而丝毫不知感恩，并且影响她不能成为一名优秀的艺术家，加上她与昆廷结合后，因性格各异，时常发生顶撞，以致她厌倦生活，最后吞服安眠药自杀。玛吉俨然是玛丽莲·梦露的化身，剧情中也有多处可同米勒的往事相印证，因此有些西方评论家认为米勒在距离梦露死去不到一年半光景就把夫妇私情以戏剧方式赤裸裸地公之于世似嫌不符忠厚之道。例如剧评家罗勃特·布鲁斯就坦称此剧为“一个不足道的剧本，不匀称，冗长乏味而混乱”，并讥讽米勒是“在跳精神上的脱衣舞，而乐队却伴奏着‘是我的错’的节奏”。[1] 米勒本人认为这个剧本一时不易让人理解，但迟早会被公认为他的最佳之作。

同年，他还发表了一个独幕剧《维希事件》，进一步探讨了前一出戏的主题——人与他所憎恶的邪恶之间的关系，人类理智的沦亡和道义价值的丧失。这出戏描写德国法西斯分子在法国维希的一个拘留所里审讯犹太人时骇人听闻的情景。米勒认为大多数观众能理解这出戏不只是一个战争时期的故事，其中根本的争论点同我们当今活着的人息息相关，而且它必然涉及我们每个人同非正义和暴力之间的关系。

一九六五年至一九六九年，米勒连任两届国际笔会主席，曾多次投入拯救被关押的国内外同行的活动，如尼日利亚剧作家兼诗人渥雷·索因卡一九六六年曾被政府当局拘捕，有被处死的危险，就是经过米勒出面营救才得以获释的，后来索因卡在一九八六年荣获诺贝尔文学奖。

一九六八年，他发表的心理问题剧《代价》描写兄

---

① 《新共和》杂志第150期，1964年，第26—30页。

弟俩因所走的道路不同而产生的隔阂，对当代西方人盲目追求物质生活的现象作了一定程度的谴责。一九七二年他发表的《创世记和其他事业》是一出以漫画手法重述《圣经》中亚当和夏娃以及该隐杀弟的故事。剧名中的“其他事业”涉及当今舞台上追求“噱头”的喜剧。该剧虽是一出轻喜剧，却在每场提出一个哲理问题，如“人在需要正义的时候，上帝为什么继续制造非正义”等。全剧可以说是上帝和撒旦之间关于善恶性质的一场争论，而以《创世记》故事阐明各自的立场。米勒以讽刺的笔触使魔鬼在两者之间显得更具魅力，有时像人类的普罗米修斯，有时又颇像人间狂暴的独裁者。此剧受到西方剧评家的攻击，仅上演了十二场。米勒对此不服，次年又把它改编成音乐剧《来自天堂》，在他的母校密歇根大学公演。米勒于一九七二年当选为民主党全国大会代表。

一九七七年，他发表了《大主教宅邸的顶棚》，剧情是东欧某个国家一位知名作家由于写了一封信给联合国谴责自己国家内部的弊端而要么流亡，要么等待以叛国罪受审。最后他决定留下来，把部分手稿委托一位美国作家朋友偷运出去，尽管那位朋友可能会遭到当局的逮捕。场景是一间曾是大主教宅邸的房间，剧中人都相信顶棚装有窃听器。米勒借此隐喻人对自己的命运无法确知，人际关系的复杂，以及人不可轻信他人。

八十年代初，米勒受美国作家斯特兹·特克尔《艰难的日子：一部关于大萧条时期的口述历史》（一九七〇）一书的启发，写出一部以三十年代美国经济大萧条为背景的社会剧《美国时钟》，目的是使年轻一代美国人了解美国那一段悲惨的历史。一九八〇年，他还把以色列歌唱家法尼亚·费娜隆的回忆录改编成了一部电视剧《为了生存的演奏》，内容完全依据历史事实：法尼亚·费娜隆是一位有一半犹太血统的法国艺人，二次大战中被关进奥斯威辛集中营，由于她是巴黎夜总会的名歌星，集中营的女管理员发现后把她编入由女犯人组成的乐队，为纳粹军官演出。费娜隆因此而得以避免葬身煤气室的命运。费娜隆在战后定居以色列，一九七八年出版了她的回忆录，此书曾轰动一时，各国犹太人团体都曾借重她作为希特勒迫害犹太人的见证，抗议纳粹势力的复苏。但该片由于让一位公开反对以色列而支持巴勒斯坦的美国女明星范尼莎·赖特格莱主演，引起犹太人抗议的风波，后经多方磋商，才得以播出。西方评论界基本上对该片予以肯定，认为它是一部揭露希特勒排犹罪行、为犹太民族伸张正义的电视剧。

一九七八年，米勒夫妇来华访问，同我国戏剧界同行切磋艺事，回国后出版了一本反映中国人民生活的图文并茂的《访问中国》。一九八一年，上海人民艺术剧院上演了由黄佐临同志导演，米勒自己推荐的《炼狱》（演出时改名为《萨勒姆的女巫》）一剧。一九八三年，米勒再度来华，亲自导演了他的名剧《推销员之死》，由北京人民艺术剧院上演，获得很大成功。一九八四年，他出版了《“推销员”在北京》一书，记述了他在北京执导《推销员之死》一剧的经过，阐述了他对戏剧的精辟见解。

一九八二年，他发表的两个独幕剧《某种爱情故事》和《献给一位女士的哀歌》没有引起西方戏剧界的重视。两剧后在英国以《两面镜》为书名于一九八四年出版。一九八七年，他又推出两部独幕剧《往事如烟》和《克拉拉》，以《危险：回忆!》为书名出版。这两出戏于一九八七年二月八日开始在林肯艺术中心上演，受到好评。《往事如烟》描写两位老人之间的故事。女主人公莉奥诺拉是个阔寡妇，当她看到当今文明世界充斥着野蛮暴行和狂言时，感到幻想破灭，一切无望，遂到苏格兰隐居，有意想把现实中的严酷事实从记忆中驱逐出去。一天，她回到康涅狄格州乡间拜访老朋友利奥，晚餐时两人发生了争执。利奥是个共产党人，坚持致力他的政治事业，拒绝放弃信仰，对世界的未来充满希望。利奥同莉奥诺拉猜字谜时，诙谐地阐明了他对人类的看法，言谈中对她做出了巧妙的挑战。《克拉拉》一剧描写有关一起谋杀案的审讯。女社会工作者克拉拉被人暗杀，而凶犯又很可能是曾被她“平反昭雪”的罪犯之一，警察当局严厉盘问克拉拉的父亲，以图从他口中获取一些线索，但克拉拉的父亲始终对女儿的生活守口如瓶，不肯透露。剧中还穿插了对越南战争和大屠杀的回忆等。米勒说，这两出戏写的是“人们力图忘记过去，以及人们有意为忘却痛苦而采取的办法，但是这有时又会使你感到如负重罪，痛苦难熬，压得你喘不过气来”。显然米勒写此两剧旨在揭示当今西方世界的复杂的人际关系以及频频出现的暴力现象。

一九八七年，米勒还发表了他的长达五十余万字的自传《时移世变》，对他所走过的漫长曲折而又丰富多彩的生活和艺术道路做了深沉的回顾和反思，随带着也对人生、社会和历史做出了严肃的思考。书中有一段记载他一九八四年荣获华盛顿肯尼迪艺术中心荣誉奖，出席国务院招待肯尼迪荣誉奖获得者的宴会，官方主人是乔治·舒尔茨国务卿。由于国务院餐厅正在翻修，临时改在坎农办公大楼一间餐厅里举行，米勒恍惚觉得以前曾经来过那间屋子，后来发现那正是当年非美活动调查委员会审讯他的那间屋子，使他不禁感慨万千。米勒写道：

> 看来唯一使我有所感的是一种讽刺意味：一想到当年就是在这间屋子里，热浪滚滚的煤气曾经朝我迎面扑来，真叫我觉得这种讽刺冰冷得像金属块一样。我环视那些兴高采烈的来宾，那位容光焕发、面带微笑的国务卿，以及其他几位获此殊荣的知名人士，再一次觉得自己是个朝里张望的局外人，甚至觉得这一切不像是真的。我料想这大概是因为我体验过当年那种冷酷无情的排斥，势必不会轻易地就在这样的典礼盛会上领受对我如此和谐的祝贺。不

过，我还是能——怀着几分热情——享受这种兴高采烈的场面。也许我有一种幻觉，认为自己已经不再畏惧权势，已经跟它够接近了，足以认清权势所拥有的一切没有什么是我可要的。我以前对这个制度持续不断的善行所怀有的不少信念，现在也在内心泯灭了。在这两次场合中，唯一没有变化的是那面国旗，它如今挂在墙边的旗杆上面，也许就是当年挂在沃尔特议员脑袋后边的那一面；我回想起当时它如何叫我尽管放心，虽然我明白它对世间许多别人来说，象征着残酷的富裕和傲慢的蒙昧。但是，怎样才能在我这一生当中把这一切连贯起来呢？或许我只好满足于把这看成全是一场梦，一场不断流放和不断回归的梦吧。①

进入九十年代，米勒为避免他所谓的百老汇的“黑色失败主义”，开始在英国伦敦首演他一九九一年写的新剧《驶下摩根山》。剧中描述一个颇有声望的商人莱

① 阿瑟·米勒自传《时移世变》，第452页。

曼·费尔特驾车在摩根山上失事；他躺在纽约北部一家医院的病床上，他的两个妻子都去看望他，首次在病床边相遇，使他十分尴尬，从而在昏迷中进行反思，认识到自己所犯重婚罪的不可饶恕以及背叛行为的可耻。结局是两个妻子和他的子女都抛弃了他。评论界对此剧褒贬不一。米勒本想把此剧写成一部道德喜剧，却似乎没有达到预期目的。一九九三年和一九九四年，米勒又先后发表了独幕剧《最后的美国佬》和两幕剧《破碎的镜子》，进一步探讨了西方世界人与人之间的疏离、人的自我否定以及人对往事的遗忘等事实。米勒在《破碎的镜子》一剧中再次以鉴古知今的手法提醒人们勿忘当年希特勒迫害犹太人的罪行，对当今法西斯主义复苏的趋势勿持旁观态度。此剧获英国一九九五年度奥立弗最佳戏剧奖。

二

一般认为，《推销员之死》、《萨勒姆的女巫》、《两个星期一的回忆》、《桥头眺望》和《美国时钟》为阿瑟·米勒比较重要的剧作。

《推销员之死》

《推销员之死》是米勒第一部获得普利策奖的成功之作，也是使他享有国际声誉的代表作。此剧虽获得许多嘉奖，受到观众欢迎，但是当时也遭到不少攻击。报刊上出现许多从政治、社会和心理角度评论它的文章。有的认为此剧虽有批判美国商业制度的意图，但其结果不过是描绘了一个小人物的潦倒失败而已。另一右派刊物称它为“一枚被巧妙地埋藏在美国精神大厦内的定时炸弹”。还有的把米勒看成是“一个被悲剧所迷惑的马克思主义者”，称此剧是“共产党的宣传”。美国《工人日报》也认为它是一出内容颓废的戏。西班牙上演此剧后，天主教派报刊甚至把它视为“不信仰上帝的灵魂遭到幻灭的明证”。①

但是，美国某一推销员协会却把作者奉为自己的守护神，而另有一些推销员商会则抱怨说，由于它的影响，使他们在招聘新推销员时遇到了困难。好莱坞曾不惜耗资百万把它拍成电影，却又害怕它在社会上

---

① 罗伯特·阿·马丁编《阿瑟·米勒戏剧散文集》，维京出版社，1978年，第140页。

引起不良后果，挖空心思在正片前加演一部文献纪录片，特意说明推销业对社会经济是多么地重要，推销员的生活是多么有保障，而正片中的主角只不过是极其个别的例子而已。

米勒在与《纽约时报》记者的一次谈话中强调他写此剧的主要动机是想“维护个人的尊严”。他还在一篇文章中说，此剧“自始至终贯串着一个人在世态炎凉的社会中生存的景象。那个世界不是一个家，甚至也不是一个公开的战场，而是一群克服失败的恐惧、前途无量的人物的盘踞地”①。一九八三年，米勒在北京时又说：“我是要探索如何通过一出戏反映社会、家庭和个人的现实，以及人的梦想。写这出戏时，我抛开了一切顾虑，只追求写出反映真实的内容……这出戏一直保持着它的影响，因为它反映了这个混乱的现代社会中各种自相矛盾的现象，包括精神生活方面的自相矛盾。”② 在他的自传中，米勒还透露道：

---

① 罗伯特·阿·马丁编《阿瑟·米勒戏剧散文集》，第 143 页。

②《阿瑟·米勒在〈外国戏剧〉编辑部做客》一文，北京《外国戏剧》，1983 年，第 3 期，第 7 页。

我在写作过程中嗤嗤发笑，主要是针对威利那种彻头彻尾自相矛盾的心理，正是在这种笑声中突然有一天下午冒出了这出戏的剧名。以往有些剧本，诸如《大主教面临死亡》、《死亡和处女》四部曲等——凡是剧名带有“死”这个字眼儿的戏素来都是既严肃又高雅的，而现在一个诙谐人物，一大堆伤心的矛盾，一个丑角，居然要用上它啦，这可真有点叫人好笑，也有点刺目。对，我的脑海里可能隐藏着几分政治；当时到处弥漫着一个新的美利坚帝国正在形成的气氛，也因为我亲眼见到欧洲渐渐衰亡或者已经死亡，所以我偏要在那些新头目和洋洋自得的王公面前横陈一具他们的信徒的尸体。在这出戏首演那天晚上，一个女人，我姑且隐其名，愤恨地把这出戏称作“一枚埋在美国资本主义制度下面的定时炸弹”；我倒巴不得它是，至少是埋在那种资本主义胡扯的谎言下面，埋在那种认为站在冰箱上便能触摸到云层、同时冲月亮挥舞一张付清银行购房贷款的收据而终于成功之类的虚假生活下面。[1]

总之，米勒在此剧中有意无意地戳穿了美国社会流行的人人都能成功这一“美国梦”的神话。

《萨勒姆的女巫》

《萨勒姆的女巫》描写的是一六九二年在北美马萨诸塞州萨勒姆镇发生的迫害“行巫者”的案件。当时那里居住着一支盲信的教派（清教徒），形成一种政教合一的统治，他们排斥异教徒，制定了自己的清规戒律，禁止任何娱乐活动，实行禁欲主义。一场“逐巫案”就是在这种基础上发生的，而在这场骗局的背后则是富豪们对土地的吞并和掠夺，结果酿成了萨勒姆镇的一场四百多人被关进监狱、七十二人被绞死的悲剧。米勒在此剧中成功地塑造了男主人公普洛克托的英勇形象，他被人诬陷，遭宗教法庭处以重罪投进地牢。他虽有强烈的求生欲望，却不愿以出卖朋友、出卖灵魂为代价换取屈

① 阿瑟·米勒自传《时移世变》，第184页。

辱的生存，最后毅然走上绞刑架。他以自己的死严正宣告了人的尊严和正直的美德是不可侮的，因而也是不可战胜的；而宗教束缚和神权压迫则违背人性，是反人道反科学的，因而是腐朽的，必然会灭亡的。

五十年代初美国麦卡锡主义猖獗一时，米勒本人也屡次受到非美活动调查委员会的传讯，并被判处“藐视国会”罪。因此，关于《萨勒姆的女巫》，西方一般剧评家都认为米勒是有意识地借这部关于宗教迫害的剧本影射当时非美活动调查委员会对无辜人士的政治迫害。米勒承认有此意图，但强调此剧具有远比只是针砭一时的极右政治更为深远的道德涵义，旨在揭露邪恶，赞颂人的正直精神。美国剧评家马丁·哥特弗里德认为此剧“可与米勒自己在美国众议院非美活动调查委员会上作证时英勇不屈、慷慨陈词的表现相提并论。作为一部戏剧作品，它结构匀称，充满激情；作为一部伸张正义的作品，它具有一种罕见的庄严气氛”。

《萨勒姆的女巫》于一九五三年在美国纽约上演后，受到观众热烈的欢迎，荣获安东纳特·佩瑞奖。一九五七年，法国著名作家让-保罗·萨特把它改编为电影剧本。一九六二年，苏联斯坦尼斯拉夫斯基剧院在排演时强调了剧作的现代影响：爱好自由的人类精神对抗邪恶和反动势力的胜利。一九六五年，英国老维克剧团由著名戏剧家劳伦斯·奥立弗执导并主演此剧，轰动一时。此剧还曾在其他许多国家上演，卖座率始终不衰，成为阿瑟·米勒的一部最能持久上演的剧本。

一九八一年九月，上海人民艺术剧院将这出戏搬上我国舞台；黄佐临先生亲自执导，深刻发掘剧本本质，并给予鲜明的舞台体现，得到历经十年浩劫的我国观众深刻的理解。一位观众写信道："欣赏阿瑟·米勒这出名剧，得到一次高级的享受，十分感谢！为了维护政教合一，为了巩固其蛮横不合理的统治，不惜愚昧乡民，造谣诬陷，草菅人命，前两幕揭露已很有力，后两幕则更为深刻。"① 另一位观众在信中感慨地说："历史常有惊人的相似之处，这个教训太深刻了，历史悲剧不能再重演！"②

《两个星期一的回忆》

此剧自传性浓厚，写的是纽约一家汽车零件批发公

---

①《星期六评论》，1979 年。

②《谈佐临导演的〈萨勒姆的女巫〉》一文，北京《外国戏剧》，1982 年，第 2 期。

司顶楼发货室里职工工作的情况。他们浑浑噩噩地过日子，有的酗酒、寻欢作乐，有的胸无大志、过一天算一天，有的因年老体衰即将被老板辞退。青年职工伯特（当年作者本人）无限感慨地说："每天早晨看到他们为什么使我伤心泪下？这就像是在地铁里，每天看到同一些人上，同一些人下，唯一的变化是他们衰老了。上帝！有时这真把我吓呆了；我在这个世界上，就像在一个偌大的房间里来回冲撞，从南墙到北墙，从北墙到南墙，永远没有个头啊！就是没有个头啊！"伯特后来攒够了钱去上大学，临行时向大家告别，但他们却忙于干活儿，对他离去毫无表示，他只得默默地走了。

有些英美剧评家认为这出戏像"活报剧"，是在批评人生的绝望和悲哀。米勒不同意这种看法，并称此剧是一出"哀婉的喜剧"，或是一部本世纪三十年代的文献记录。"我写这部剧本部分原因是想再体验一次那种公开而赤裸裸的贫困现实，同时也希望为自己表明希望的价值，以及为什么要产生希望，还有那些至少懂得如何忍受那种毫无希望的痛苦的人们所具有的英雄品质。"[①] 他

---

① 罗伯特·阿·马丁编《阿瑟·米勒戏剧散文集》，第 164 页。

认为剧中所谈的是“人生需要有一点诗意”，而且还承认他特别偏爱这出戏。

《桥头眺望》

此剧最初为独幕剧，一九五五年在美国上演并未受到重视，后米勒把它修改成两幕剧，于一九五六年在伦敦和巴黎上演时才获得成功。全剧写的是三十年代美国的意籍移民的生活。两名意大利年轻兄弟因在家乡失业而非法进入美国，暂居已归化为美国人的亲戚埃迪家中。哥哥挣钱寄回老家养活妻儿老小；未婚的弟弟却同埃迪养大的外甥女产生了恋情，遭到埃迪变态的妒忌和反对，并招致他向移民局告发，兄弟俩均被扣押。在保释期间，哥哥由于埃迪断送了他的生活出路而在一次争斗中把埃迪刺死，酿成一场悲剧。美国进步报刊当时曾给该剧以好评，认为米勒在此剧中有如实反映美国工人阶级生活的一个侧面的意图。

米勒说这出戏是他根据一桩真人真事写成的，他认为剧中的主人公埃迪“并不是一个值得让人哀怜同情的人物，此剧也无意使观众落泪。但是，它却有可能使我们把埃迪的举动同我们自己的举动联系起来反省，从而更好地剖析自己，认识到我们不仅仅是一些孤立的心理实体，而是同自己同胞的命运和悠久的历史密切相连的”[①]。此剧仍属于米勒一贯喜爱创作的社会道德剧，其中探讨了人性、人的尊严以及新旧道德概念和法则之间的冲突。在写作手法上，米勒在剧中安排一名律师来穿插叙述案情，起到了类似希腊悲剧中合唱队的作用。

《美国时钟》

此剧是米勒以三十年代美国经济大萧条为背景写出的一个社会剧。据他本人说，他是受美国作家斯特兹·特克尔《艰难的日子：一部关于大萧条时期的口述历史》一书的启发，经过多年酝酿才写成这出戏。特克尔通过他所访问的众多普通美国人的口述，以新闻体裁生动地反映了三十年代那场席卷整个资本主义世界的经济危机给美国人民精神和生活带来的灾难，而米勒则把这一惊心动魄的悲惨景象更为真实地再现于舞台。全剧人物多达四十余个，几乎囊括了美国社会各阶层人士。有

① 阿瑟·米勒《桥头眺望》修订本前言。

的美国剧评家由此而认为剧作家没有着重刻画三两个主人公的面貌，是此剧的一项缺陷，殊不知米勒的意图正在于说明那场危机“几乎触及了所有的人，不管他住在什么地方，也不管他处于什么样的社会地位”，他用戏剧形式在观众面前展现了一幅文献性壁画，侧重灾难的全貌，从而重振人们的尊严和信心。这种形式早在布莱希特的一些剧本和多斯·帕索斯的那部《美国》三部曲小说中有关新闻短片的章节里就已出现过，米勒则把它做了进一步的发挥。

米勒的剧本一向具有自传性质。由于他目睹了那场危机，《美国时钟》中的许多场景可以说是他根据回忆记录下来的真实情景，例如剧中人李中学毕业后因家庭生活拮据而不得不辍学进入工厂工作，就是他自己的一段亲身经历。又如米勒参加过当时的左翼运动，剧中一些青年钻研马克思和恩格斯著作，追求进步思想，尽管个别人有糊涂思想，也不足为怪，它仍然可以说是米勒对当时美国青年思想面貌如实的写照。尤其值得称道的是，全剧阐述了美国人民经历了那次浩劫后终于认识到“这个国家其实是属于他们的”。以这一思想转变作为全剧的结尾，说明米勒在创作思想上已突破了过去那种仅仅局限于描写资本主义社会中推销员等小人物的个人悲欢离合的狭隘题材。米勒写此剧的动机，无疑是想告诫美国人民，尤其是青年一代，不要在虚假的繁荣景象中忘却过去沉痛苦难的历史，其用心良苦使《美国时钟》具有较深刻的教育意义。

此外，米勒在这出戏的剧作手法上，也沿袭了他所惯用的倒叙穿插、不受时空限制的技巧，而且运用得更加自如。该剧布景简朴，场景转换迅速，道具由演员带上舞台，充分发挥舞台灯光的效果，这一切都显示出这位老剧作家仍然在不断探索戏剧创作的新手法。

《美国时钟》一九八〇年五月首演于南卡罗来纳州的斯波里多戏剧院，十一月移至纽约百老汇，但仅上演了十二场，未受到应有的重视。米勒并未气馁，对剧本做了精心的修改，于一九八四年奥运会前夕在洛杉矶马克·泰珀剧院再度公演，终于获得好评。同年英国伯明翰的轮换剧目剧院也上演了这出戏。《卫报》评论道："与其说它是一出传统剧，毋宁说它是大萧条期间万花筒般的美国社会史。这出戏很可能不是米勒的杰作之一，但它表现了戏剧概括时代基调的力量。"一九九五年，英国阿瑟·米勒研究专家克里斯托弗·比格斯贝编辑的《阿瑟·米勒剧本选》（轻便本）中选入的《美国时钟》，又经米勒重新做了修订。

三

除去剧本，米勒还写过小说《焦点》、《我不再需要你：短篇小说集》和儿童读物《珍妮的毯子》等。他一九八七年发表的《时移世变》（自传）约五十余万言，堪称近年来美国出版的一本优秀自传。

在自传中，米勒叙述了犹太裔祖代从波兰移居新大陆后的创业经过以及父亲在三十年代初经济大萧条时期破产而由母亲典当求告挽救家庭困境的惨状，继而回忆了自己中学毕业后四处打工，干过不少种苦力活儿，一度幻想当歌星，后来积攒些钱进入密歇根大学学习，迷上戏剧，逐步成为剧作家的经历。在这期间，他接触到马克思主义，寄希望于苏联和社会主义，并积极从事左翼文艺和反法西斯等进步活动，导致五十年代中期遭到非美活动调查委员会的传讯，并被判处“藐视国会”罪。嗣后他参加了反越战运动，又积极投入国际笔会的活动。

书中详尽阐述了他一贯反对百老汇商业化戏剧的观点，他对戏剧所持有的精辟独到的见解，以及他创作每部剧作的艰苦历程。对众多同时代的剧作家、小说家和诗人（包括奥尼尔、奥德茨、威廉斯、海尔曼、斯坦贝克、梅勒、贝娄、庞德和弗罗斯特等人），他都给予不人云亦云的评价。他也接触到许多戏剧和电影界的导演和演员，诸如哈里·霍恩、伊莱亚·卡赞、李·斯特拉斯堡夫妇、劳伦斯·奥立弗和克拉克·盖博等人，对他们都作了细致而有趣的描绘。书中也包括了他的三次婚姻，首次披露了他与梦露一段姻缘的恩恩怨怨。他以深切同情的笔触描述了孤女出身的梦露受尽社会压力的折磨和别人的剥削、身心忧郁而艰苦奋斗的一生，批驳了外界对梦露的歪曲宣传。此外，他也欣慰地谈到他与奥籍摄影师英格博格·莫拉斯结合后互敬互爱的美好生活。

在写作结构上，米勒没有严格采取按年代顺序平铺直叙的手法，而是把一生事迹前前后后、纵横交错地穿插叙述，有时两三件事交叉进行，环环相扣，恰到好处，真有点像《推销员之死》的主人公威利·洛曼脑海中那种过去与现在的事交错闪现那样，或者说更像电影画面淡入淡出交叉隐现的技巧。这种新颖手法无疑使这部自传别具一格，使读者不觉得枯燥乏味。米勒的文笔犀利，隽永流畅，时而还充满诙谐幽默感，颇有契诃夫的风格（契诃夫是米勒最崇敬的两位作家之一，另一位是托尔斯泰）。在回顾往事时，他还夹叙夹议，其中不少富有哲理的涵义，发人深省，甚至可以使人从中得到启发和教益。

这部自传不单单是个人的感人肺腑的故事，而且近乎是一部当代美国社会编年史，为读者了解二十世纪美国文坛、剧坛以及美国社会不断演变的情况提供了丰富而珍贵的资料。

四

阿瑟·米勒不仅是美国当代著名剧作家，而且也是一位卓越的戏剧理论家。他论述戏剧的文章已由密歇根大学罗伯特·阿·马丁教授编成《阿瑟·米勒戏剧散文集》，于一九七八年出版，在西方戏剧界颇有影响。

米勒跟奥尼尔一样，创作的剧本多半是有关普通人的悲剧，他认为普通人与帝王将相同样适合作为高超的悲剧题材，但是他又不赞成把悲剧写成悲怆剧，在他看来，悲剧和悲怆剧之间的主要区别在于悲剧不仅给观众带来悲哀、同情、共鸣甚至畏惧，而且还超越悲怆剧，给观众带来知识或启迪。他认为悲剧是对为幸福而斗争的人类最精确而均衡的描绘，“因为悲剧是我们拥有的最完美的手段，它向我们显示我们是什么样的人，我们必须做什么样的人，或者我们应该力争做什么样的人”①。他也不同意那种认为悲剧作家都具有悲观主义的论调，“悲剧事实上所包含作家的乐观主义程度要比喜剧还要多，悲剧的最终结局应该是加强观众对人类的前景抱有最光明的看法”②。米勒这种见解无疑会加深人们对悲剧的理解。

米勒一贯反对西方商业化、纯娱乐性的庸俗戏剧，而坚信戏剧是一种反映社会现实的严肃事业。他认为剧作家如果不去调查社会作为一个明显而关键的部分所具有的全部因果关系，就不可能创作出一部真正高水平的严肃作品。米勒一九五六年曾经在一篇题为《现代戏剧中的家庭》的文章里感叹道：

---

① 罗伯特·阿·马丁编《阿瑟·米勒戏剧散文集》，第11页。

② 同上书，第6页。

> 在过去的四五十年里，一般的现实主义遭到了攻击——原因在于它不能美妙而自如地在私人生活和社会生活之间越来越扩大的鸿沟上架起桥梁。表现主义对这也解决不了，因为它完全抛却心理上的现实主义而跨跃到单独描绘社会力量那一方面去了，从而使问题遗留下来。所以我们现在的许多剧本都或多或少具有颓废的气氛；在过去的十年里，这些剧本越来越趋向单独详述心理因素，而很少或无意把人物的社会作用和冲突弄清并加以戏剧化。任何一位明智的人显然都明白人类的命运是社会性的，所以把那些摒弃社会的作品归结为腐朽是恰当的。[①]

此外，米勒还曾说过："社会在人之中，人在社会之中，你甚至不可能在舞台上创造出一个真实描绘出来的心理实体，除非你了解他的社会关系。"米勒的这种观点，即人的命运是社会性的，舞台应是一个较之单纯

① 罗伯特·阿·马丁编《阿瑟·米勒戏剧散文集》，第 82 页。

提供娱乐更为重要的传播思想的媒介，它应该为一个严肃的目的服务，是值得称道的。米勒在他改编的《人民公敌》序言中呼吁道："剧作家必须再次表明有权利以他的思想和心灵来感染观众。公众也有必要再次认识到舞台是一个传播思想和哲学、极为认真地探讨人的命运的场所。"[1]

不过，米勒不赞成在剧作里干巴巴地说教。他主张戏剧应当使人类更加富有人性，也就是说，戏剧使人类不那么感到孤独。

在艺术创作手法上，阿瑟·米勒曾说他是"规规矩矩地以传统的现实主义为基础，而且试图使用各种方式来扩展它，以便直接甚至更猝然、更赤裸裸地提出隐藏在生活表面背后的、使我感动的事物"[2]。确实如此，米勒多次巧妙地运用了表现主义和象征主义等方式，丰富了他的现实主义创作。他一直在不断地探索，不断地创新。

米勒对马克·吐温做出过这样的评论："他并非在利用他那种跟同时代的公众幻觉相疏离的态度来抗拒他

---

① 罗伯特·阿·马丁编《阿瑟·米勒戏剧散文集》，第 17 页。

② 同上书，第 167 页。

的国家，好像没有它也能生存似的，而显然是想借此来纠正它的弊端。”[①] 这恰恰也适用于米勒本人，正是他本人的写照。

一九七九年美国著名剧评家马丁·哥特弗里德在《星期六评论》杂志上撰文称米勒的《推销员之死》、《萨勒姆的女巫》和《桥头眺望》是“三部气势宏伟的剧本，具有显示人性的广泛内容，却又高于现实生活，因为它们诗意盎然并具有崇高的道德力量。毫无疑问，阿瑟·米勒是美国戏剧的良心”。他认为世界上只要还有舞台存在，这三出戏就会上演，传之不朽。

梅绍武

一九九七年初稿

一九九八年六月校订

---

① 阿瑟·米勒为《马克·吐温牛津选本》（牛津大学出版社，1996年）写的前言。

代　　价

献给英格和丽贝卡

两幕剧

剧中人物

维克托·弗朗茨

埃丝特·弗朗茨

格雷戈里·所罗门

沃尔特·弗朗茨

第一幕

今天。纽约。

舞台后方是两扇窗。日光透过灰蒙蒙的格子窗照进来，窗户上有白色涂料打的叉，这幢楼面临拆除。

此刻，日光从屋顶的天窗透进来，因为肮脏的玻璃而显得灰暗。顶上透进来的光先打在舞台中央一把又厚又软的扶手椅上，椅子上罩着褪色的玫瑰红椅套。扶手椅右边是一张小桌子，桌上放着一台二十年代的金属丝花面收音机和旧报纸；扶手椅后面有一盏落地灯；左边是一台装有发条的老式留声机，还有一张矮桌，上面放着一叠唱片。不远处有一块白色抹布、一个拖把和一只水桶。

房间是逐渐显露的。只有扶手椅周围这块区域，连带另几把椅子和一张沙发，看上去像被占用过。这块区域以外，到房间两侧、顶后面、贴着墙从地板到屋顶，一片混乱，仿佛十个房间的家具都被硬塞入这一个房间内。

地板上横七竖八地放着四张沙发和三把长沙发椅，另有扶手椅、单人高背沙发、一张卧榻和其他几把散放的椅子。靠着三面墙直堆到天花板上的有梳妆台、大衣柜、一张高高的秘书桌、一个中凸橱柜、一个有精美雕花的长送餐桌、几张茶几、一张大书桌、好几张办公桌、几个玻璃门书橱、弓面玻璃陈列柜等等。几张地毯卷在一边，有长有短。还有一支长桨，若干床架、大箱子。一大一小两盏水晶灯吊在绳子上，没接电线。十二把餐椅沿左侧一张餐桌一字排开。

这些家具给人一种强烈的厚重感，几乎有些德式特色。依墙而立的橱柜凸起的橱面、弯曲的线条承载了时间的重量。整个房间拥挤得可怕，难以插足，简直让人难以判断这些东西是壮观还是仅仅过于厚重、丑陋。

一架竖琴，没罩上罩子，镀金都已剥落，孤零零地立在舞台前方右侧。后方，凑合着挂上一张帘子，早已褪色，帘子后面能看见一个小水槽，一台电炉及一个旧冰柜。右边靠前有扇门，通往卧室。左边靠后，另一扇门通往看不见的走廊和楼梯。

我们置身于曼哈顿一幢即将被拆除的褐砂石住宅楼的阁楼上。

身穿制服的警官维克托·弗朗茨自左侧门进，在屋里停下，环顾四周，随便走了几步，然后又停下。他面无表情，却不知怎的被屋子释放的某种气场镇住了，目光一点一点移动着，一件一件地打量着家具，将整个房间难以言喻的景象尽收眼底。

他朝那架竖琴走过去，神情颇为严肃，仿佛走近的是一具棺材。他在琴前停下，伸手拨了一根弦。他转过身，走向餐桌，解下带枪套的腰带，脱掉外套，从桌上倒扣着的三把椅子中拿下一把，将腰带、外套挂在上面。

他看看表，等待时间过去。然后，他的目光落在了留声机前的那一叠唱片上。他掀开留声机盖，看见唱盘上已有一张唱片，他转动手柄，把唱臂移到唱片上放好。加拉格尔和谢恩[①]的歌声响起，他听着那老掉牙的歌声微笑起来。

唱片就那么响着，他走向倚在家具上的那支长桨，摸了摸。这时，他忽然想起了什么，伸手够到一个柜子后面，拽出一把花剑和面罩。他在空中把剑甩得噼啪作响，目光被回忆占据。他把剑和面罩放在桌上，在那

---

① Gallagher and Shean，1910 到 1920 年代，美国非常成功的音乐喜剧双人组合。

叠唱片里翻了两三张，看到某张唱片上的标题时禁不住满面笑容。他把留声机里的加拉格尔和谢恩取出，换上这张。这是一张《笑声集锦》——里面两个男的笑得歇斯底里，再怎么尝试都没办法说出个完整句子。

他笑着，笑容在脸上扩大，笑出了声，然后开怀大笑。他被戳中笑点，笑得更厉害了。这会儿他笑弯了腰，抑制不住踉跄了一步。

他的妻子埃丝特自左侧门进。他背对着她。她四下张望，想看看是谁在跟他一起笑，自己脸上也露出笑意。她朝他走过去，他听见她高跟鞋的响声，转过身。

埃丝特 那到底是什么啊？

维克托 （吃惊地）嗨！（他抬起留声机的唱臂，脸上还笑着，有点不好意思）

埃丝特 听起来像个热闹的聚会！

［他在她脸上轻轻吻了一下。

（指向唱片）那是什么啊？

维克托　（试着掩饰他的不满）你去哪儿喝的酒？

埃丝特　我告诉过你的，我去体检了。（她笑起来，一副明知故犯的表情）

维克托　好家伙，你和那个医生。我以为他告诉你不要喝酒。

埃丝特　（笑）我就喝了一杯！一杯不会对我有什么坏处。反正一切正常。他向你问好。（她环顾四周）

维克托　是吗，那太好了。交易商马上就来，你看要不要拿点什么。

埃丝特　（环顾四周，叹了口气）噢，我的天——又回到这儿来了。

维克托　那老太太干得不错。

埃丝特　是啊——我还从没见过这屋里这么干净。（指着房间）你觉得滑稽吧？

维克托　（耸肩）没有，没怎么觉得——她都没认出我，你能想象吗？

埃丝特　我的天，一百五十年呐。（一边四处张望一边摇头）呵。

维克托　你说什么？

埃丝特　我说时间。

维克托　是的。

埃丝特　这间屋子有点儿不一样了。

维克托　没有，完全是以前的样子。（指着房间一边）我的书桌和小床一直摆在那边。屋里其他都没变。

埃丝特　也许是因为以前它对我来说显得过于讲排场，有点庸俗。不过，它也确实有种个性。想不到有些东西现在又时兴了。

维克托　嗯，有什么是你想要的吗？

埃丝特　（环顾四周，犹豫不决）我不知道我想不想把这些东西放在身边。它们都这么大……放哪儿好呢？那个柜子挺好看的。（她朝柜子走过去）

维克托　那是我的。（指向对面的另一个柜子）那边那个是沃尔特的。它们是一对。

埃丝特　（比较着）哦，是啊！你联系上他没有？

维克托　（移开目光，仿佛遇到一个难题）今天早上又打过电话——他在会诊。

埃丝特　他在办公室吗？

维克托　在。护士过去跟他说了声儿——无所谓。只要通知到他，我这边就可以继续。

［她克制住，不予置评，拿起一盏台灯。

那可能是真的陶瓷。放在卧室也许不错。

埃丝特　（放下台灯）要么我们约好在哪儿见吧？这整件事让我感到沮丧。

维克托　为什么？不会很久的。放松些。来，坐下吧，交易商随时会到。

埃丝特　（坐在沙发上）这地方给人一种腐烂变质的感觉。我就是忍不住会有这种感觉，一直都有。这儿的一切都叫人窝火。

维克托　好了，别激动。我们会把它卖掉，然后一切到此为止。对了，我买好了票。

埃丝特　哦，那好啊。（头向后靠去）啊，但愿是场好电影。

维克托　最好是。不单单好，要特别棒才行。两块五一张呢。

埃丝特　（突然不服气地）我可不管！我就是想出去走走。（她不再进一步回应，而是环顾四周）天哪，这都是在干什么啊？刚才上楼的时候，看到所有门都敞开着……看起来不像是……

维克托　这一周他们每天都在拆除这些老旧的建筑，宝贝。

埃丝特　我知道，可是这让人感觉像活了一百岁一样。我讨厌空房间。（陷入沉思）那个古怪的家伙叫什么来着？就是租了前厅的那个，记得吗？——修萨克斯管的？

维克托　（微笑着）哦——萨尔茨曼。（伸出手朝一侧比划着）一只眼朝那边斜。

埃丝特　对！我每次下楼，他就虎视眈眈地等在那儿！他是怎么搞到那么多漂亮女孩的？

维克托　（笑）天知道。他身上的气味儿一定不错。

［她笑起来，他也笑。

其实有时候他还会跑上来，半下午的时候，说："维克托，快下来，我有多余的！"

埃丝特　然后你就真下去了！

维克托　干吗不去啊？如果是白送的，你就欣然接受。

埃丝特　（脸红起来）你以前都没告诉过我。

维克托　没有，那都是在遇到你之前。大部分是。

埃丝特　你真下贱。

维克托　那又怎样？那是大萧条时期。

[她对这不合逻辑的回答哂然一笑。

不是，说真的——我觉得那个时候的人比较友善，更多是在大白天乱搞。像麦克洛克林姐妹——记得吗，在前面的卧室给人提供打字服务的？（笑）我父亲总说："这样的打字服务，打一张得两块钱。"

[她笑。笑声逐渐平息。

埃丝特　这些人可能都死了。

维克托　估计萨尔茨曼是死了——他身体一直不错，不过——（他摇了摇头，吃惊地轻轻一笑）唉，也不是。我想他那时候差不多……是我现在这个岁数。呵！

[他们突然意识到了时间的威力，在沉默中怔了片刻。

埃丝特　（起身，朝那架竖琴走去）好吧，你的交易商人呢？

维克托　（瞥一眼手表）现在五点四十。他应该很快就到。

[她拨起琴弦。

这东西应该值些钱。

埃丝特　我想这儿的很多东西都挺值钱的。但是你得讨价还价，你知道的。不能他们说什么价你就卖什么价。

维克托　（略带抗议）我会讨价还价；别担心，我不会白送人的。

埃丝特　因为他们是准备好要讨价还价的。

维克托　别这就泄了气，行吗？我们甚至都还没开始呢。我是打算讲价的，我可知道那些家伙的真面目。

埃丝特　（不再继续争论，朝留声机走去，试图营造出欢乐的氛围）这是什么唱片？

维克托　《笑声集锦》，二十年代很红的。

埃丝特　（好奇地）你还记得这个？

维克托　模模糊糊记得。我那时才五六岁。聚会上常放这种唱片。你知道的，就是看谁能忍住不笑。也可能大家只是为了坐在一起笑，我也不大清楚。

埃丝特　这想法真不错！

［可以说这会儿他们之间的交流趋于缓和；他转向她。

维克托　你看起来不错。

［她看着他，尴尬地笑了下。

我是说真的。都说了会讲价，为什么你……

埃丝特　我相信你。这就是我买的那身儿。

维克托　啊，就是这件啊！花了多少钱买的？转过去看看。

埃丝特　（转起来）四十五，想不到吧。他说没人愿意买，嫌它的样式太简单了。

维克托　（领会到了两人之间的共识）好家伙，那些女人真是笨，这件多漂亮啊。瞧，如果花钱能买到像样的东西，我是不会介意的，不过他们卖的东西一半都是垃圾……（向她走过去）对了，看看这衣领，这不就是你最近买的其中一件吗？

埃丝特　（检查一番）不是，这件是以前买的。

维克托　好吧，即便如此（抬起一只脚后跟），应该给消费者联盟写信投诉这双鞋的鞋跟。才穿了三个星期——你看看！

埃丝特　是你走路姿势不正。你不会要穿着这身制服跟我出去吧。

维克托　真该杀了那家伙！我刚换上便服，麦高恩正试图采集某个流浪汉的指纹。对方不想按指纹，所以就甩开胳膊，我正好经过，他就把我的杯子打翻了。

埃丝特　（知道这大概意味着什么）哦，我的天……

维克托　脏衣服已经送去干洗店了，他们会尽快处理，六点前洗好的。

埃丝特　你那咖啡里加了奶精和糖吗？

维克托　加了。

埃丝特　那六点前绝对洗不好。

维克托　（安抚她）他们会尽快的。

埃丝特　哦，算了吧。

［稍作停顿。她失落极了，心不在焉地四处张望。

维克托　好了，不过是看场电影……

埃丝特　但是我们难得出去——为什么所有人都得知道你挣了多少钱？我想安安生生地过一晚上，安安生生地在餐馆里吃顿饭，不要有什么喝醉了的、以前做过警察的家伙过来跟你谈什么过去的事。

维克托　这事就发生过两次。这么多年了，埃丝特，在我看来……

埃丝特　我知道这不是什么大事。但是，就拿在博物馆碰上的那个人来说吧，他真的以为你就是那个雕刻家。

维克托　那我就是个雕刻家咯。

埃丝特　（愠怒）可以，很好，就这样吧！你真的，维克——你穿那套正装当真显得气度不凡。所以干吗不穿呢？（头靠在沙发背上）我真该记下那瓶苏格兰威士忌的名字。

维克托　所有苏格兰威士忌的化学成分都一样。

埃丝特　我知道；不过，有些味道更好。

维克托　（看手表）你看看，这像话吗？说好的五点半整。个个儿都信口开河。（他来回走动，越来越焦躁，尽量压抑自己因她的情绪而起的怒气。他的目光落在一个五斗橱半开的抽屉上，他拉开抽屉，拿出一只冰鞋）看这个，还是好好的！（他用手指甲试了试冰刀；她仅仅瞟了他一眼）甚至还很锋利。我们什么时候该去滑冰。（他意识到她的情绪毫无起色）埃丝特，我说了我会讲价的！——知道了吗？——你根本不懂怎么喝酒；酒只会让你郁闷。

埃丝特　是吗，可这种郁闷我喜欢！

维克托　老天爷。

埃丝特　我有个主意。

维克托　什么?

埃丝特　干吗不叫我自己待着?给我点喝酒抽烟的钱就行。

维克托　那你就永远不用从床上爬起来了。

埃丝特　我会起来的，偶尔。

维克托　我有个更好的主意。你干吗不去和你的医生待几个星期?我是认真的。也许你会有所改观。

埃丝特　要真能那样就好了。

维克托　好啊，那你去啊。他也有正装。你甚至可以带着那条狗——尤其是那条狗。(她笑)这没什么好笑的。每次你出去雨中散步的时候，我都很紧张，不知道你会带回来什么。

埃丝特　(笑着)哦，接着说，你爱她。

维克托　我爱她!你喝醉了酒，你往家里带莫名其妙的小动物，又说我“爱”它们!我才不爱那条该死的狗!

［她深情地笑起来，也带着某种女性特有的挑衅。

埃丝特　好啊，是我想要她！

维克托　（停顿）一条狗是解决不了问题的，埃丝特。你是个聪明、能干的女人，不能终日无所事事。哪怕找份兼职工作，也能让你有个地方去。

埃丝特　我不需要去什么地方。（稍作停顿）我还不太习惯理查德不在家的日子，仅此而已。

维克托　他走了，宝贝。他长大成人了，你得自己做点什么。

埃丝特　我不能日复一日去同一个地方，以前不能，以后也绝无可能。你要求跟你哥说话了吗？

维克托　我问了那个护士。是的，我要求了。他走不开。

埃丝特　那个狗娘养的。恶心。

维克托　可是你又能拿他怎样呢？他从来没有那种感觉。

埃丝特　什么感觉？十六年过去了才来接一次电话？这是基本礼节。（忽然流露出那种至亲间的同情）你怒不可遏，是不是？

维克托　我只是气我自己。我这一个星期一遍又一遍地给他打电话，像个傻子似的……让他见鬼去吧，我自己处理，这样正好。

埃丝特　他的那份怎么办？

［他动了动，感觉受到了逼问，有些气恼。

我不想惹你讨厌——不过，我想，这里有钱的问题，维克。

［他沉默不语。

你会跟他提钱的事，对吗？

维克托　（一副心意已定的样子）我一直在考虑这件事。他有权得到他那一半，他为什么要放弃？

埃丝特　我以为你决定直接跟他摊牌。

维克托　我改变主意了。我不觉得他欠我什么，我不能假装他欠我的。

埃丝特　可他有多少辆凯迪拉克呀？

维克托　这正是他有那么多凯迪拉克的原因。爱财之人是不会把钱拱手送人的。

埃丝特　我不懂你为什么总把这说得像做慈善。有一种东西叫道德债务。维克，你成全了他的全部事业。什么法律规定只有他能学医——

维克托　埃丝特，拜托——我们别再旧事重提了，好吗？

埃丝特　我没有旧事重提——你甚至比他学习还好。那确实是他欠你的债，该有人叫他去面对。如果没你照顾老爸的话，他不可能读完医学院。我的意思是，我们也该开始像正常人那样去谈论这件事！这里头可能有一大笔钱。

维克托　我觉得不太可能。这里没有古董，也没——

埃丝特　难道就因为是我们的东西，就一定不值钱吗？

维克托　这又是什么话？

埃丝特　因为我们就是这么想的！一点不假！

维克托　（疾言厉色）那人甚至都不接电话，我能怎么——

埃丝特　那你就去给他写封信，去敲他的门。这里的一切都是属于你的！

维克托　（大吃一惊，意识到她的郑重其事）你为什么这么激动？

埃丝特　这么说吧，一个原因是，这也许能帮你下决心从岗位上退下来。

［稍作停顿。

维克托　（小心翼翼地、不情愿地）不是钱的问题。

埃丝特　那是什么的问题？

［他沉默不语。

我只是觉得有了这笔卖家具的钱作缓冲，你可以考虑一两个月，看看能想到什么事情是你愿意去做的。

维克托　这就是我现在考虑的全部问题，不是只有辞了职才能去考虑。

埃丝特　但是你好像没考虑出来什么。

维克托　这是件容易的事吗？我快五十了，不是说随随便便就能开始一份新的事业。我不懂为什么这事突然就变得迫在眉睫了。

埃丝特　（笑）突然！自从你符合退休条件以来，我就一直在说这事——同一件事我已经说了三年了！

维克托　好了，这还不到三年——

埃丝特　到三月份就三年了！是三年。如果你那时候就回学校的话，现在硕士学位差不多也到手了；你也许已经有机会开始做你喜欢做的事了。不是吗？你为什么就不能有所行动？

维克托　（停顿，几乎有些无地自容）跟你说实话。我感觉这一切都不太真实，等我能开始做点什么的时候，我都得五十三、五十四了。

埃丝特　可你是一直知道这点的呀。

维克托　真正事到临头的时候就不一样了。我不确定这么做还有没有意义。

埃丝特　（走到一边去，声音中含着绝望）好吧……这正是我以前无数次试图告诉你的，这么做以前有什么意义，现在就还有什么意义。你可能还有二十年，其实这仍然是很长的一段时间。能做很多有意思的事。（稍作停顿）你还这么年轻，维克。

维克托　我还年轻？

埃丝特　当然！我不年轻了，但是你还行。天，所有女孩子都爱盯着你看，你还想怎么样？

维克托　（空洞地笑）埃丝，这很难说，因为我不明白。

埃丝特　那为什么不谈谈你到底不明白什么？为什么指望你自己是什么都懂的权威？

维克托　可是，我们总得有个人挣钱，宝贝。

埃丝特　你是想让我假装一切都好极了？我已经不知如何是好了，我不会假装太平无事！（仿佛压抑许久似的一吐为快）我说叫你写信给沃尔特，说了有五十遍——

维克托　（好像听到一个重复多遍的故事）怎么又和沃尔特有关？沃尔特能做什么——

埃丝特　他是个有名的科学家，他那个医院在建一个全新的研究部门。我在报上看到了，是他的医院。

维克托　埃丝特，那人十六年来没给我打过一次电话。

埃丝特　可是你也没给他打过！

［他吃惊地看着她。

嗯，你没打过。那也是事实。

维克托　（她的话似乎令他第一次意识到，他确实也没给沃尔特打过电话）我给他打电话干什么？

埃丝特　因为他是你哥哥，他有权有势，他可以帮你——对，人们都是那样做的，维克！他写的那些文章透露出真正的理想主义，有实实在在的人性关怀。我是说，人是会变的，你知道。

维克托　（转过身）抱歉，我不需要沃尔特。

埃丝特　我不是说你一定要认同他；他是个自私的混蛋，但他或许能帮你走上正轨。我觉得这没什么丢脸的。

维克托　（感觉受到逼迫，怒不可遏）我不明白为什么这一切突然变得这么紧急。

埃丝特　因为我不知道自己到底处在什么样的境地，维克托！（她说到最后几乎尖叫起来，自己也吃了一惊。他沉默了。她平静下来）要是我知道行动背后的原因，我会为此付诸行动，但这些年来我们一直在说，一旦拿到养老金，我们就能开始真正的生活了……这就好像二十五年来一直在推一扇门，现在门忽然开了……而我们就站在那儿。有时我想，也许我误解你了，也许你挺喜欢警局的工作的。

维克托 我无时无刻不在恨它。

埃丝特 我全做错了！我发誓，我觉得如果我过去要求更多的话，本可以更好地帮到你。

维克托 不是那么回事。你一直是个很棒的妻子——

埃丝特 我想我不是。但安全感对你来说那么重要，以至于我总试图顺着你；可是我错了。老天——来这儿之前，我在家里看了一圈，想看看有什么东西是我们可以拿回家用的——家里的一切都不堪入目，破旧、寒碜、俗不可耐。而我是有品位的人！我知道我是！只是对我们来说一切总是暂时的，好像我们从来就什么也不是，总是将要成为什么。我回过头去想打仗的那段时间，随便什么蠢货都赚得盆满钵满——那时候你就该辞职的，我就知道该这样，我就知道！

维克托　那时候我是想辞职的。

埃丝特　我只喝了一杯，维克托，所以，别——

维克托　别改变整个故事，宝贝。我是想辞职的，可你害怕了。

埃丝特　因为你说战后会有大萧条。

维克托　好吧，去图书馆查一九四五年前后的报纸，看上面是怎么说的!

埃丝特　我才不在乎!（她转身——回避自己的蛮不讲理）

维克托　我发誓，埃丝，有时候你说得好像我们从未有过自己的人生。

埃丝特　老天——我妈说得真对！我总是不信眼见为实。我早就知道如果你战时不辞职，那你就永远也不会辞职——我任这一切发生，什么也没说。你知道我们该死的麻烦是什么吗?

维克托　（瞥了一眼手表，感觉到她的抗议已接近尾声)是什么?

埃丝特　我们从来也不能把注意力集中在钱上！我们为它发愁，我们把它挂在嘴边，但我们好像不能想要它。我想要，可你不想。我真的想要，维克。我想要它。维克，我想要！

维克托　恭喜你。

埃丝特　去死吧你！

维克托　我希望你能别再拿自己跟其他人比了，埃丝特！你最近一门心思扑在这上面。

埃丝特　可我控制不了自己！

维克托　那样的话你必输无疑，宝贝，因为你的前面总会有别人。这是怎么了？我生性不好跟人攀比，你也有你的性情——我没变——

埃丝特　可是你变了。自从退休的事提上日程，你就变得像行尸走肉一般，浑浑噩噩——

维克托　可这到底是个要做出的决定。我希望能更有把握……其实有那么几次我都已经开始填表了。

埃丝特　（警觉地）然后呢？

维克托　（吃力地——他自己也无法理解这种难以启齿）我想这里面有某种终结的感觉……（他突然说不下去）

埃丝特　但除此之外你还指望什么呢？

维克托　这很蠢，我承认。但当你看着那该死的表格时你会情不自禁。你给这二十八年签上名，你禁不住问自己，难道这就是全部？就这样？当然就这样。问题是，当我考虑新的开始时，那个数字就跳出来——五十，天啊——我就泄了气。不过，我一定会做些什么的。我会的！（努力拉近两人之间的距离）我不知道这是怎么回事，每次一想到这一切——都有点不寒而栗。

埃丝特　你指什么？

维克托　就好像我之前到这儿时……（环顾四周）整件事——都让我感到某种疯狂。把所有东西堆在这儿，好像它们都是金子做的，（似笑非笑，露出近乎尴尬的神情）家具一件不剩地都搬上来，差点连地毯钉条都保留下来。（转向舞台中央的椅子）从始至终我都陪着他——现在于我而言简直无法想象。

埃丝特　（同情中流露出更多的遗憾）唉……你是爱他的。

维克托　我知道，但那就是说说而已。他是什么？一个破产的生意人，和其他千千万万的人一样，我那时感觉像天塌了下来。跟你说实话，我有时候觉得整件事就像别人给我讲的故事一样。你有过那种感觉吗？

埃丝特　嗯，每一天，无时无刻。

维克托　哦，得了吧——

埃丝特　是真的。我第一次踏上这里的楼梯时才十九岁。还有你打开那个装着你第一套制服的盒子时——记得吗？你第一次穿上制服的时候？——我们笑成什么样？你说如果有事的话你要叫警察！（他们都笑起来）跟化装舞会一样。我们是对的。那个时候我们是对的。

维克托　（因她的痛苦而痛苦）你知道，埃丝特，你时不时就想闹回小孩子脾气，那——

埃丝特　我就是想！我厌倦了——算了，别提了，我想喝一杯。（她去取手提包）

维克托　（吃惊地）你这是做什么？大冒险吗？你这么突然要去哪里？

埃丝特　我受不了这儿，我得出去走走。

维克托　你现在可别胡来！

埃丝特　我不是酒鬼！

维克托　你的生活和好多人相比都算是不错的！你是想变成讨人厌的十几岁孩子还是怎样？

埃丝特　（指着家具）别跟我说什么小孩子脾气，维克托——别在这间屋子里说！你任由这些东西堆在这儿这么多年，就是因为你连跟你哥简单谈一次都办不到，还说我使性儿？在那人面前你还是个十八岁的孩子！我的意思是说，对，我陷入了困境，可我敢于承认！

维克托　(被刺痛)很好，你继续。

埃丝特　(不能就这么离开)你有收据吗？我去给你拿你的正装。(他一动不动。她试图讲道理)我只是想离开这里。

维克托　(取出一张收据递给她。声音冷冰冰的)就在第七街，上面有地址。(他从她身边走开)

埃丝特　我马上就回来。

维克托　(任由她这样不负责任)随你的便，宝贝。我说真的。

埃丝特　你昨晚又磨牙了。你知道吗？

维克托　哦！难怪我耳朵疼。

埃丝特　真希望我有台录音机。我说真的，那声音让人毛骨悚然，听起来像很多大石头从山上滚下来。要是你能听见就好了，那你就不会这么不以为意。

［他沉默不语，一脸担忧，难过不已。

他走向舞台后部，仿佛在查看家具。

维克托 没事。我想我知道你的意思了。

埃丝特 （担忧地——试图微笑，转身朝他走过去）比方说？

维克托 （拉开一把椅子，膝盖微曲，拖出一台巨大的老式无线电底盘）还能有什么别的意思？

［稍作停顿。

埃丝特 （试图缓和二人的关系）那是什么？

维克托 哦，我做的那些老无线电，这是其中一台。天啊，看这些管子。

埃丝特 （面对无线电有些感慨，但更多是好奇）还能用吗？

维克托 不能用了，需要一个蓄电池……（陷入回忆，突然抬头看向天花板）

埃丝特 （抬头看）上面有什么？

维克托 当时有节蓄电池爆炸了，正好冲到那上面某处。（指向天花板）那儿，看到那里的涂料不一样了吗？

埃丝特 （争取在二人之间制造火花）是你用它连上了

东京信号的那台无线电吗？

维克托 （并未回心转意，声音毫无起伏）对，就是那大家伙。

埃丝特 （语气温和）干吗不留着它呢？

维克托 啊，留着一点儿用也没有。

埃丝特 你不是说过这楼上有个实验室吗？还是说是我在做梦？

维克托 是有，不过爸和我搬上来住时，我就把它拆了。以前那面墙归沃尔特所有，这面墙归我。我们在这里搞过一些很不错的发明。

［她目不转睛地盯着他。

（他避开她的目光，自顾自地走动着）坦白说，宝贝，当我回过头看那些过来的日子时，我只感到费解，我知道所有原因一切原因全部原因，可到头来都是一场空。（他走到竖琴边，摸摸它）感觉很奇怪，知道吗？我全都忘记了——以前，我们有时候在这儿整夜忙活，房间里经常有音乐声响起。母亲会在楼下书房弹竖琴，一弹就是好几个小时，简直不可思议，因为竖琴的声音是如此轻柔，但我猜琴声还是透过书房传了进来。

埃丝特　你真让人心疼。真的，维克。（向他走去，但他做了个看手表的动作，抗拒她的关怀）

维克托　我得另找家具商。走吧，我们出去吧。（努力表现得高兴，却显得筋疲力尽、徒劳无功）咱们去洗衣店取我的正装，扮一回富人！

埃丝特　维克，我不是说我——

维克托　算了，别再说了。等一下，让我把这些东西收起来，别让人顺手牵羊。（他拿起花剑和面罩）

埃丝特　你还会击剑吗？

维克托　（他的悲伤和冷淡都挥之不去）哦，不行，击剑对身体素质的要求很高，发力主要靠腿部力量——

埃丝特　让我见识下呗，我还从来没见过你击剑！

维克托　（退让一步）好吧，不过我下蹲没法蹲到位了。（他站好，调节好双脚角度，上下几次，找到合适的位置，颇为困难地半蹲下来）

埃丝特　也许你可以把这项运动重新捡起来。

维克托　哦，不行。太消耗体力了，这可是世上最难的运动。（重新站位）好，站那儿别动。

埃丝特　我吗？

维克托　别怕。（抖动剑尖，噼啪作响）这是把好剑，看它多灵活！我用它打败了普林斯顿。（他疲惫地笑了笑，从几码外大步冲过来；剑头碰到了她的上腹）

埃丝特　（向后跳开）天！维克托！

维克托　怎么？

埃丝特　你看起来真帅！

［他笑了，既吃惊又有些尴尬。这时，从外面走廊上传来一阵持续不断的响亮的咳嗽声，他俩的注意力都转向了门口。咳嗽声更响了。

格雷戈里·所罗门走上场。总而言之，这是个令人称奇的人物：年近九旬，却仍然腰杆笔直，气宇轩昂，以一种完美的方式倚靠在自己的拐杖上，看起来丝毫不显体弱。

他头戴一顶破旧的黑色软呢帽，像吉米·沃克[1]那样把右边帽檐儿压低，不过他这顶可脏多

① Jimmy Walker（1947—　），美国喜剧演员。

了。身上一件不成形的大衣。打着一个粗大的结的领带业已磨损，歪歪斜斜地躺在翘了角的领袢下方。里面的背心皱皱巴巴，裤子松松垮垮。左手食指上戴着一枚硕大的钻戒，腋下夹着一个破旧不堪的皮文件夹，胡子拉碴。

他仍然咳嗽着，想歇口气，一边努力却徒劳地试图像商务人士那样拂去上前襟的烟灰，一边朝埃丝特和维克托点头，举起一只手示意他这就开口。他瞥见了维克托手上的花剑，露出不无怀疑的神情。

维克托 我给你倒杯水好吗？

[所罗门傲慢地摆了摆手，拒绝了他，试着止住咳嗽。

埃丝特 你还是坐下吧？

[所罗门打手势表示感谢，在舞台中央的扶手椅上坐下，咳嗽声渐渐平息。

你确定不来点水吗？

所罗门 （操着俄裔犹太人的口音）水就不用了，我可以用点儿血。谢谢。（他深呼吸几次，注意力转向维克托，维克托放下花剑）好家伙，那些台阶可真够呛。

埃丝特　你现在好点了吗？

所罗门　再多几级台阶就能上天堂了。啊——打扰了，警官，我在找一个客户。名叫……（他的手开始在背心口袋里掏摸）

维克托　弗朗茨。

所罗门　对，弗朗茨。

维克托　就是我。

［所罗门露出难以置信的神情。

维克托·弗朗茨。

所罗门　所以你是警察！

维克托　（咧嘴笑）嗯哼。

所罗门　真想不到！（也对埃丝特）你看，这倒霉生意只有一个好处，就是能遇到各种各样的人。不过我还从来没跟警察做过买卖。（手伸过去准备握手）很高兴认识你。我叫所罗门，格雷戈里·所罗门。

维克托　（握手）这是我太太。

埃丝特　你好。

所罗门　（颇为欣赏地朝埃丝特点点头）真不错。（转向维克托)这位女士真漂亮。(向她伸出手)你好,亲爱的。你这身衣服很漂亮。

埃丝特　(笑)事实上,这是我刚买的!

所罗门　你品位不错。恭喜你,好好享受。(他放开她的手)

埃丝特　我去洗衣店了,亲爱的。很快就回来。(向门口走去——又转向所罗门)你们会谈很久吗?

所罗门　(像打量对手一样四下打量这些家具)要是家具的话,还真不好说,可能很久,可能很快,可能中不溜。

埃丝特　好吧,你给他个好价钱,听见了没?

所罗门　啊哈!(摆手示意她可以走了)瞧,你去你的洗衣店,我们会把事情百分之百处理好的。

埃丝特　因为这儿有些很漂亮的东西。我懂,但是他不懂。

所罗门　我这生意做了六十二年,靠的可不是占人便宜。走吧,到洗衣店玩得开心。

[她和维克托都笑了。

埃丝特　(朝他晃了晃手指)但愿我会喜欢你!

所罗门　亲爱的，所有女孩子都喜欢我，我有什么办法？

埃丝特　（依然面带微笑，一边向门口走去一边对维克托说）你小心点。

维克托　（点头）待会儿见。

［她离开。

所罗门　我喜欢她，她有疑心。

维克托　（吃惊地笑）你什么意思？

所罗门　是这样，如果一个女孩相信一切，你要怎么信任她呢？

［维克托赞赏地笑笑。

我以前有个太太……（他摆了摆手，戛然而止）算了，有什么关系呢？说说看，如果你不介意的话，你是怎么找到我的？

维克托　从电话簿里。

所罗门　不会吧！电话簿！

维克托　怎么？

所罗门　（神秘兮兮地）没，没什么。挺好，挺好。

维克托　广告上说你是个注册估价师。

所罗门　啊，是的。我是注册的，有执照的，甚至打过疫苗的。

［维克托笑。

别笑。如今你要是没执照，唯一能做的事情就是坐电梯上楼，然后从窗口跳下去。不过，我没必要跟你说这些，你是警察，你了解这个世界。（希望能套上近乎）我说得对吧？

维克托　（有所保留）我想是的。

所罗门　（打量家具，一只手放在大腿上，另一只手自然优雅地搭在座椅扶手上）好了。（再次四处打量，犹豫不决地笑了笑）这里家具可不少啊。全都要卖吗？

维克托　嗯，是啊。

所罗门　好的，好的。我只是想确认一下我们目前的处境。（试图挤出一个讨好的笑脸，但不怎么成功）实话实说，我没想到在这一带还能有这么一大堆家具。着实让人吃惊。

维克托　可我说过，是整栋房的家具。

所罗门　（踌躇不定的情绪在发酵）听我说，别担心，我们会把一切都处理好的。（从座椅上站起身来，走向那对带镜子的梳妆台中的一个，显然很喜欢。他抬头看了看枝形吊灯，然后正对维克托）我不是在节外生枝，警官，但如果你不介意的话——能告诉我你跟这儿是什么关系吗？你是怎么碰上这事儿的？

维克托　这儿曾经是我家。

所罗门　真想不到。看来这些东西搁在这儿有段时间了，是吗？

维克托　嗯，二九年经济大萧条以后，我老爸就把所有东西搬到阁楼上了。叔伯们接手了房子，他们让他住在这一层。

所罗门　（仿佛为了强调相信了刚听到的话）我懂了。（他朝竖琴走去）

维克托　你能现在给我估个价吗，还是要——

所罗门　（一只手滑过琴颈）不用不用，我马上就估，一分钟也不浪费，我很忙的。（拨动一根琴弦，听琴声，然后弯下腰，一只手滑过音板）你父亲，他去世了？

维克托　嗯，很久以前——大约十六年前。

所罗门　（直起腰）那它在这儿搁了十六年？

维克托　是这样，我们一直抽不出时间来处理这事儿，但现在他们要把整幢楼给拆了，所以……全都是些好东西，你知道的——他们以前挺有钱的。

所罗门　很好，是的……我能看出来。（从竖琴边走开，目光却未远离，仍在估量）我以前也很棒的，现在不怎么样了。你知道，时间，是个可怕的东西。（离竖琴有一段距离，伸手指向它）那上面的音板裂了，你知道的。不过，别担心，还是个好物件。（走到一个大衣柜边，抚摸饰面）真有意思——像这种衣柜，三十年过去了都脱不了手，简直跟麻疹似的，甩都甩不掉，现在，忽然之间，人们又想要它了。真想不通。（他走到一个梳妆台边）

维克托　（欣喜）好啊，你给个好价钱，我们就成交。

所罗门　没问题。你看，我不骗你。（指着梳妆台）比方说，像这种梳妆台，不到一周就能脱手。（指着另一个梳妆台）知道吧，这两个是一对。

维克托　我知道。

所罗门　这套餐椅也不错。（在一把餐椅上坐下，前后晃动，检验椅子是否牢固)我喜欢这些椅子。

维克托　如果你想看，卧室里还有更多东西。

所罗门　是吗？(向卧室走去)有什么？(朝卧室里面四下张望)这床不错。是个漂亮的雕花床，能卖得出去。是你父母的床？

维克托　是的。我没记错的话，可能是在欧洲买的。他们以前到处旅游。

所罗门　很气派，很漂亮。我喜欢。(向舞台中央的椅子走回去，仍不住地打量着四周的家具)看来你们这可是户好人家啊。

维克托　顺便说下，餐桌是可以打开的，大概能坐十二个人。

所罗门　(看着餐桌)这我知道。是的，挤一挤的话能坐十四个。(拿起花剑)这是什么？我进来的时候，以为你在捅你太太。

维克托　(笑)不是，我刚找到这个。我很多年前玩击剑。

所罗门　你上过大学？

维克托　嗯，上过两年。

所罗门　有意思。

维克托　老早以前的事了，没什么意思。

所罗门　不会，听着——对我来说，人们的经历是最有意思的。他们都是什么时候会打电话给我呢？要么是离婚，要么就是有人死了。所以总会有新的故事。我的意思是，这些故事看起来一样，实际上却大有不同。（在舞台中央的椅子上坐下）

维克托　你是收拾残局的人。

所罗门　说得好。是的，我收拾残局。我猜这跟你有点像，你肯定遇到过不少故事吧。

维克托　不是经常遇到。

所罗门　你是什么职务，交通警察，还是……

维克托　我多数时间都在罗卡韦，机场那边。

所罗门　那是西伯利亚吧？

维克托　（笑）要是西伯利亚的话就更合我意了。

所罗门　远离麻烦。

维克托　（微笑）说得对。（指着家具）所以你觉得怎么样？

所罗门　我觉得怎么样啊？（一边看了一眼，一边掏出两根雪茄）来根雪茄？

维克托　谢谢，我早就戒了。所以这儿的事你怎么说？

所罗门　看得出来，你是个实事求是的人。

维克托　被你说中了。

所罗门　那再好不过了。那么，告诉我，你这儿有字据吧？能证明你就是所有人的字据。

维克托　哦，没，我没有，但是……（干笑一下）我就是所有人，就是这样。

所罗门　也就是说，你没有兄弟姐妹。

维克托　有，我有个哥哥。

所罗门　啊哈。你和他关系不错？我这不是要搞事情，但是我不说你也知道，一般情况下，那些相亲相爱的家庭，父母一咽气，突然牵扯出什么东西归谁所有的问题，就会惹上一身的麻烦。

维克托　我们家不存在这问题。

所罗门　除非就卖几件东西，那我倒无所谓，但是要接手整栋房子的家具，没有字据，就——

维克托　好吧，我会给你弄到他的声明的，不用担心。

所罗门　那说定了。因为即便是那些上流社会的人，你也想象不出他们能变出多少鬼把戏。律师、大学教授、电视明星，他们能花五百块请律师，就为了去争个五毛钱的书架——知道吗，就因为人人都想当老大，所以……

维克托　我说了，我会给你弄到声明的。（指着房间）那这些东西，你怎么说？

所罗门　好，我跟你说。（看着餐桌，用手指着）比如，你提到的这个餐桌。他们管它叫西班牙詹姆斯一世款。可能值一千二、一千三。我猜可能是一九二一、一九二二年产的，对吗？

维克托　也许是。

所罗门　（清清嗓子）我看你是个聪明人，所以我们继续之前，我得请你记住了——对于旧家具，你可不能感情用事。

维克托　（笑）我都还没开口呢！

所罗门　我是说，你是个警察，我是个家具商，我们都了解这个世界。任何一件西班牙詹姆斯一世款都不好卖，结核病症都比它抢手。

维克托　怎么会？那餐桌的品相完好。

所罗门　警官，你在谈事实；但对于旧家具而言，你口中的事实并不适用。人们不喜欢那种款式了；他们不仅不喜欢，还很讨厌。那边那个餐具柜和那些也一样……（又开始指向别处）

维克托　你只想要其中几件，对不对？

所罗门　拜托，警官，我们进行得太快了——

维克托　不不，你不能把油水都捞走，光给我留点儿骨头。要么都拿走，要么一样也别想。我在电话里跟你说过是整栋房的家具。

所罗门　你这么着急干吗？再谈一谈，我们看看怎么解决好。罗马不是一天建成的。（忧心忡忡地核算了一会儿，又朝他中意的几件家具看了看，起身走到竖琴边摸了摸）你看，我的想法是——就这几件我给你个绝好的价，你肯定——

维克托　没门儿。

所罗门　（迅速地）没门儿啊。

维克托　我不是在开百货公司。他们要把这栋楼都拆了。

所罗门　那最好不过了！我们互相理解，所以——（施展他的魅力）——所以就不必感情用事了。（走到唱片那里）这些唱片也卖吗？（拿起一张）

维克托　我可能留下三四张。

所罗门　（读着封套上的标签）瞧这个！加拉格尔和谢恩！

维克托 （仅仅干笑了一下）你不会现在要放唱片听吧？

所罗门 还用放吗？大概有五十个剧院，我跟加拉格尔和谢恩在一张节目单上。

维克托 （吃惊地）你以前是演员？

所罗门 演员！我是杂技演员；我们全家都是杂技演员。（由这一句开场白引出后面的介绍）你从没听说过“五个所罗门”？——愿他们安息。我是最下面那个。

维克托 有意思——我可从没听说过什么犹太杂技演员。

所罗门 那雅各[1]是怎么回事，他不就是个摔跤手吗？和天使摔跤？

［维克托笑。

打创世以来犹太人就是杂技演员。我那时候就是匹马：喝酒、女人，什么都干——连轴转，什么都不能让我停下来。只有生活。是的，小兄弟。（几乎是充满爱意地放下唱片）真想不到，加拉格尔和谢恩。

---

① Jacob，《圣经·旧约·创世记》第 32 章讲到雅各与神使者摔跤，故有后文一说。

维克托　（这会儿不由自主地感到更加亲近；但仍然坚持回到生意上去）我们刚才说到哪儿了？

所罗门　（匆匆一瞥之后转向维克托，一副深为关切的表情）说说看，现在犯罪率怎么样？在上升，对吗？

维克托　对，是在上升，在上升。你看，所罗门先生，明白告诉你吧，我不爱社交。

所罗门　你不爱社交。

维克托　对，我不是生意人。我不善言谈。所以，我们赶快定个价，把事情做完。好吗？

所罗门　你并不想跟我交朋友。

维克托　一点没错。

所罗门　所以我们不会成为朋友！（叹气）但是，为了让你更好地了解我——我来给你看样东西。（取出一个皮文件夹，打开，递给维克托）这是我从英国海军退伍的退伍证明。看到了吗？"为国王陛下效劳。"

维克托　（看着文件）哈！你在英国海军做什么？

所罗门　别管英国海军，你看那上面的出生日期。

维克托　"一八……"（惊诧不已，抬头看向所罗门）

你快九十了？

所罗门　是的，小兄弟。六十五年前离开俄国的时候，我二十四岁。我这一辈子抽烟，喝酒，爱每一个肯给我爱的女人。所以，我还需要从你这儿偷什么东西吗？

维克托　什么时候开始人偷东西还需要理由？

所罗门　我这辈子还没见过这样的人！

维克托　哦，你肯定见过。你是现在就给我个价，还是——

所罗门　（其实颇有些恐慌，因为维克托丝毫不上钩，令他担心会失去那几件上好的家具）我怎么给你价？我说的话，你连一个字都不信。

维克托　（牵强地笑）我以前从没见过你，你叫我怎么信任你呢?!

所罗门　（厌恶地摆摆手）那让我怎么开始跟你谈？抱歉，在这儿你不能作警察。如果你想做成点儿生意的话，你一定得相信人，不然你做不成。我……我……唉，算了。（起身，走到自己的文件夹旁）

维克托　（大吃一惊）你干什么？

所罗门　我没法儿照这样工作下去了。我这么大年纪，受不了一开口就被人叫小偷。

维克托　谁叫你小偷了？

所罗门　（向门口走去）不，我不需要你的这些家具。我不想它们放在我的店里。（对着维克托的脸摇了摇手指）还有，别忘了，我还没给你出价，可瞧瞧你都对我做了些什么。明白吗？我还没出价！

维克托　（动怒）好啊，那你到这儿来干吗，来做善事吗？你这么说到底什么意思？

所罗门　先生，我可怜你！你们这些人到底是怎么回事！你比我女儿还差劲！这世上的东西你什么也不信，什么也不尊敬——你是怎么活下去的？还自以为这么着很高明？你觉得自己太难了？我给你条忠告吧。你什么都不相信，这其实没什么难的，是你仍然需要相信，这才是最难的。如果你做不到这点，朋友，你活着跟死了没啥两样！（继续朝门口走去）

维克托　（禁不住于心有愧）哦，所罗门，咱们别这样了，行吗？

所罗门　不不。你这家具有问题，可是你又不想听，让我怎么说？

维克托　我在听！看在上帝的分上，你想让我怎么着，跪下来吗？

所罗门　（放下文件夹，从上衣口袋里取出一个揉皱了的皮尺）好，过来看。我知道你是个实事求是的人，不过有些事实很滑稽。（沿着一件家具的一边拉直皮尺）这是多长？（然后转向维克托，展示给他看）

维克托　（走到他身边，读道）四十英寸。所以呢？

所罗门　小兄弟，现代公寓房的卧室门宽三十英寸，最长不超过三十二英寸。所以这家具根本搬不进去——

维克托　那些老房子呢？

所罗门　（逐渐绝望）我只是要告诉你，这样我很难出手！

维克托　好吧，难道我就不能问个问题吗？

所罗门　我给你的是建筑上的事实！听着——（抹了把脸，抓住这张藏书室的阅览桌做文章，朝它走过去）比方说，你这张阅览桌，它实在美极了，但是你能给我找到一个配有藏书室的现代公寓吗？如果老式酒店还在建，我就能把它卖出去，可现在只建新式酒店。人们不再像过去那样生活了。这玩意儿来自另一个世界。所以，我是在向你提供一个现代视角。因为二手家具的价格就是个视角问题，如果你不愿意去理解这个视角，那你就不可能理解它的价格。

维克托　所以，这个视角是什么——就是这些家具全都一文不值?

所罗门　那是你说的，我可没那么说。这些椅子就值些钱，那对梳妆台、那张床、那架竖琴——

维克托　(转过脸不去看他)行，那算了。我不会把精华给你——

所罗门　你急什么!

维克托　(转向他)老天啊，你到底给不给我出价?

所罗门　(用一只手抵着太阳穴，走到一边)好家伙，哦，好家伙，哦，好家伙。想必到目前为止你抓的人不下百万。

维克托　二十八年十九个。

所罗门　那你干吗这么跟我过不去?

维克托　因为你东拉西扯就是不谈钱，我不知道你到底要干什么。

所罗门　（抬起一根手指）我们现在谈钱。（他回到舞台中央的椅子那儿）

维克托　棒极了。你不能怪我这么说——每次你一开口，价钱就好像在往下掉。

所罗门　（落座）兄弟，打从我进门，价钱就没变过。

维克托　（笑）那就更好了！那么，到底什么价？

［所罗门环顾四周，他那股子机灵劲儿不见了，取而代之的是一副阴沉的表情。

怎么了？你在烦恼什么？

所罗门　很抱歉，我不该来的。我原想就几件家具，但是……（郁郁寡欢，用手指按住眼睛）这些家具对我来说太多了。

维克托　那你来做什么呢？我告诉过你是整栋房的家具。

所罗门　（表示异议）你给我打电话，所以我来了！我该做什么，躺下来等死吗？（再次努力想把话咽回去）你瞧，我很想给你开个价，唯一的问题是……（突然语塞，似乎害怕说出什么）

维克托　这可真是个让人吃惊的消息。

所罗门　听着，你的电话对我来说是个极大的诱惑！但是……（为求维克托的理解，仿佛豁出去了一般）瞧，我跟你说实话。你定是翻查了一本年代久远的电话簿。两年前我就把店铺清空了，只留下几个英式柴架，只有在需要几个小钱的时候才卖点东西。我琢磨着自己都八十、八十五了，也是时候收手了。可是我还在等——什么都没发生——我甚至搬出了原来的公寓，如今跟一台电炉一起住在店铺后面。依然无事发生。我现在的状态基本上还是满分——也许不到一百分，但我感觉很好。我估摸着也许你手里有几件好东西——不是说其他东西卖不出去，只是可能要花上一年、一年半才能脱手。对我来说，那就是下大赌注了。（环顾四周，进退维谷）问题是我喜欢工作；我喜欢，但是——（败下阵来）我不知道该怎么跟你说才好。

维克托　好，既然这样，那就算了。

所罗门　（站起身）你急什么！

维克托　这买卖你到底做不做？

所罗门　我怎么知道自己会陷入这种境地！就拿这件不

同寻常的家具来说，只消一眼，就足够一般人心烦意乱了。

维克托　所罗门，你又来了。

所罗门　我不是在跟你讨价还价！

维克托　那它为什么会让人心烦意乱？

所罗门　因为他知道这东西永远都不会坏。

维克托　（并不生气，仍然保持理智）哦，得了吧你，发发善心吧。

所罗门　小兄弟，你不明白人的心理！如果这东西不坏，那你就丧失了可能性。比方说，你看——（走到对面的桌子旁）——这张桌子……听！（猛敲桌子）你搬不动它。一个男人在这么一张桌子旁边坐下，他就很清楚自己不但结了婚，而且他得一直做个已婚人士——再没别的可能性了。

［维克托笑。

你在笑，我跟你说的可是真实情况。我们今天的关键词是什么？是一次性。越是能丢掉的东西就越美好。汽车、家具、太太、孩子——一切都得是一次性的。因为你知道，如今生活中最主要的事情就是买买买。很多年前，一个人若是不高兴、不知道该拿自己怎么办的时候，他会去教堂，或者掀起一场革命，总之会做点什么想来有意义的事。今天你要是不高兴、束手无策的话，能拯救你的是什么？只有买买买。

维克托　（笑）我得承认，你说得好极了。

所罗门　我告诉你的是事实！如果全国的商店闭门歇业半年，那么肯定到处都是人间惨案。有了这样的家具，就没必要再逛商店了，完了，再没什么别的可能性。你听懂了，对吧？所以这就是问题所在。

维克托　（笑）所罗门，你无疑是个中翘楚。不过，我不吃你这套，你的这些话根本没有用。

所罗门　（面露不快）那什么“有用”？我不知道自己还有多少时间。说明这点怎么就糟糕透顶了？问题就在于，你年纪轻轻，根本理解不了这些事——

维克托　我完全能够理解，我知道你面对的是什么。我也没你说的那么年轻。

所罗门　（嗤之以鼻）你有多大，四十？四十五？

维克托　我快五十了。

所罗门　五十！你还是个小宝宝。

维克托　哪门子的小宝宝。

所罗门　我的天，如果我是五十岁……我结婚的时候都七十五了。

维克托　继续说。

所罗门　你不信？她还住在第八大道那边。瞧，这就是为什么我喜欢现金，因为我不想她染指……她爱鸟儿，住的地方大概养了一百只。她给你做的汤里头都漂着羽毛，我拼死拼活一辈子可不是为了那些鸟儿。

维克托　我理解你的难处，所罗门先生，但是我没有义务为你的困难买单。（站起身）我的时间有限。

所罗门　（抬起一只手阻止他继续说下去，异常绝望地）我会买的！（说完他自己也吃了一惊，再次环顾堆成山的家具）我是说我会……（移动脚步，看着那堆东西）我得生活，仅此而已，我会下定决心！我会买下来。

维克托　（受到触动，所罗门的担忧感染了他）我们现在谈的是这里的所有东西。

所罗门　（怒气冲冲）所有东西，所有东西！（走向他的文件夹）我会核算出来，会给你开个上好的价钱，会让你高兴的。

维克托　（再次坐下）这我可不敢肯定。

［所罗门从文件夹里取出一只白煮蛋。

这又是什么？你的午饭吗？

所罗门　你这么一番穷追猛打，搞得我肚子都饿了！我可是不能忍饥挨饿的。

维克托　老兄！

所罗门　（朝他的钻戒上磕鸡蛋）你想我饿死啊？我会速战速决的。

维克托　老天——我这号码挑得！

所罗门　我猜，你这儿大概没盐吧。

维克托　别指望我现在跑去给你找盐！

所罗门　别，别不高兴嘛。我给你的价钱会让你大喜过望，你等着。（吞下白煮蛋。这会儿正对着家具，手里拿着小本子和铅笔，半对着自己）我现在要像IBM那样加大马力了。（开始在本子上估算起来）

维克托　不打紧，你慢慢算。只要你不是敷衍塞责就行。

所罗门　谢谢。（一脸嫌恶地摸了摸那个餐具柜）是，嗯，嗯。好吧，好……（草草记下一个数字，然后走向另一件家具，又记下一个数字。他再走

向一件，匆匆写下一个数字）

维克托　（片刻之后）你真的七十五岁才结婚？

所罗门　有什么不好吗？

维克托　没有，我认为好极了。可是，那么做有什么意义呢？

所罗门　二十五岁结婚又有什么意义？谁能保证二十六岁时就不会死吗？

维克托　（轻轻一笑）我想也是。

所罗门　这跟二手家具一个道理，纯粹是个视角问题。关乎人的精神世界。（又匆匆记下另一件家具的价格）我七十五岁结过一次，另外两次是在我五十一岁和二十二岁的时候。

维克托　你在开玩笑。

所罗门　我倒希望如此！（马不停蹄地在本子上草草记下每件家具的估价，拉开抽屉检查，各处摸摸，遇到黑暗的角落时便取出铅笔模样的小型手电筒，打开开关，借着光柱探查一番）

维克托　（已经慢慢转过身来对着所罗门，观察他的一举一动，所罗门手上没停）说正经的——你到底多大岁数？

所罗门　（拉开一个抽屉）八十九。这也算一项成就吗？

维克托　你真是让人意想不到。

所罗门　（因为受到鼓励而露出微笑，转向维克托）你知道，这真是件有趣的事。我已经很久没接过这么一大单生意了——都忘了有工作的时候自己过的都是啥日子。再一次拿起笔……就像打了兴奋剂似的。老实说，我那电话都能当汤勺用了，很久没响过一声。我想要谢谢你。（指着维克托）我会替你打点妥当的，我说真的。能打开那个吗？

维克托　当然，请便。

所罗门　（走向衣柜）这种柜子有些是带镜子的……（打开柜子，一卷毛皮毯子掉了出来，大约三英尺宽、五英尺长）这是什么？

维克托　天知道。大概是块地毯。

所罗门　（将毛皮毯举起来端详）不不——这是块围毯。就像在车里用的那种。

维克托　你还别说，就是那种，是的。他们开车兜风时用的，天，我有多久没见过这东西了——

所罗门　你们有司机？

维克托　对，我们有司机。

［他们四目相对。所罗门看着维克托，仿佛他的形象这才开始清晰起来。维克托移开目光。现在，所罗门转向衣柜。

所罗门　瞧瞧这个！（从里面的架子上取下一顶可折叠的高顶礼帽）我的老天！（戴上帽子，朝柜子内置的镜子里照了照）这世界多精彩啊！（转向维克托）他生前肯定是个爱玩儿的人！

维克托　（微笑）你戴这顶帽子看起来挺不错的！

所罗门　他曾拥有这么多，也会彻底破产？

维克托　不然呢？事情就是这样。五个星期。甚至不到五个星期就全完了。

所罗门　真想不到啊。他后来也没能东山再起？

维克托　唉，你知道，有些人就是翻不了身。

所罗门　（咕哝道）唔！那他后来有干什么吗？

维克托　什么也没干。就坐在这儿，听听收音机。

所罗门　可是，他总得干点儿什么吧？什么——

维克托　这个，他时不时地在自动售货机那儿给人换零钱。人生快到头儿的时候还送过电报。

所罗门　（既哀伤又惊奇）真想不到。他原来的家产有多少？

维克托　呃……几百万吧，大概。

所罗门　我的老天。他身上到底发生了什么？

维克托　唔，那段时间我母亲刚好去世，我想这更是雪上加霜。有些人就是翻不了身，没别的。

所罗门　听着，我可以跟你说说我是怎么翻身的。我一九三二年破了产；一九二三年被他们搞垮了；一九〇四年、一八九八年惶惶不可终日……像那样坐以待毙……

维克托　好吧，你跟他不一样。他相信它。

所罗门　相信什么？

维克托　制度，整个体制。我觉得，他认为那都是他自己的错。你不同——你进来唠叨了这么多，一切对你来说都是插科打诨。你活了一百五十岁，你逢人便讲你的笑话，人们因此爱上你，你则轻而易举地拿下他们的家具。

所罗门　你这话说的。

维克托　别再让我难为情了，行吗？你到底怎么说？用不着再看了，我这儿有什么你心里清楚。

［很明显，所罗门的缓兵之计已然山穷水尽。他缓缓四顾，那些家具似乎在向他迫近，仿佛某种不祥之兆，抑或某种希望之光。他的目光慢慢向上移至天花板边缘，一只手紧紧抓住另一只。

你有什么好怕的？这样你不就有事可做了。

［所罗门看着他，想进一步消除内心的疑虑。

所罗门　你不觉得这么做很蠢吗？

维克托　谁知道什么是愚蠢的？你享受其中——

所罗门　听着，是爱不释手——

维克托　那就买下来。你费尽心思盘算，最后只会一无所获。

所罗门　（态度亲近）我想告诉你一件事儿。几个月前，我也不知是怎么回事——她来找我了。告诉你，我曾经有个女儿，愿她安息，她结果了自己，自杀……

维克托　什么时候的事？

所罗门　是在……一九一六年——后半年。她长得很美，可爱的面庞，大眼睛——像黎明般纯洁。最近也不知怎的，我能清清楚楚地看见她，就像看见你那样。几乎每天晚上，我一躺下睡觉，就看到她坐在那儿。你禁不住问自己——发生了什么事？到底发生了什么？也许我该对她说点儿什么……也许我的确说了……就这些了……（看着家具）倒不是说我终将一死，那没什么好怕的。但是……我跟你说实话——刚才我提过我有三个老婆……（稍作停顿。他的恐惧愈发强烈）就在刚才我忽然意识到我其实有过四个老婆。是不是很可怕？第一次是我十九岁的时候，在立陶宛。瞧，我想表达的意思是，我们不可能知道什么是最重要的。我跟你一起坐在这里……然后……然后……（环顾四周的家具）到头来都是为了什么？不是说我不想要这些东西，我想要，可是……你看，我这一辈子都在拼搏奋斗——谁也别想从我这儿拿走什么；我横冲直撞，汲汲营营，曾在六个不同国家奋斗过，有几次差点儿把命丢了，这就像……就像现在我坐在这儿跟你聊，告诉你这是场梦，一场梦！你瞧，对此你无法想象，因为——

维克托　我明白你说的话。但这不是梦——是你在弄清各种牵连之前就不得不做决定，却无论如何都无法摆脱那些决定带来的后果。就像我，科学学得很好——我很喜欢科学。但是，我不得不辍学去养我老爸。当警察只是权宜之计，等过了大萧条，我再重新回到学校去。可是后来打起仗来，我们又有了孩子，一转眼，你就在往领退休金去的这条路上走了十五年，离最初的计划已经十万八千里远。不是说所有这一切都让我后悔，我们抚养了一个很棒的儿子，这是其一；没人会带走这家伙。但是就像你说的——我们不可能知道什么才是最重要的。一直以来，我们都同意不去汲汲营营，好好过自己的日子，那才是最重要的。但是，你把垃圾从窗口胡乱丢出去，它又从门缝里钻进来——以她的所欲所求告终。可我也不能真怪她——世道就只认钱。

所罗门　你跟钱有什么仇？

维克托　没有，我只是不想为了钱牺牲了生活。不过，我想，我可能为了别的什么牺牲了生活，而且，我都已经不清楚自己究竟想去实现什么了。现在回头看，我能看到的就只是一场街头漫长的、脑袋空空的游荡。我想这是老生常谈了，你可以做任何事，但要确保你能赢。就像我哥，很多年前我和老爸一起住在这里，我哥他一个月出五块钱。一个月！他可是个成功的外科医生啊。虽然他只来过屈指可数的几次，可就那几次，老爸脸上的表情，你会以为走进来的是上帝本人。那种尊敬之情，你明白我的意思吗？尊敬！当然了，为什么不呢？

所罗门　哦，那是当然，他有权有势。

维克托　你说中了——有了权势就等于有了一切，人也随之可爱起来！（笑）好了，你意下如何？给我个价吧。

所罗门　（稍作停顿）我给你一千一。

维克托　（稍作停顿）全部家具？

所罗门　（气喘吁吁）全部。

［稍作停顿。维克托环顾家具。

我想要这些东西，所以给了你一个好价钱。相信我，你找不到更好的买家了。我想要。我主意已定。

［维克托继续盯着那堆家具。所罗门掏

出一个普通信封，取出一沓钞票。

来……我现在就付钱给你。（他点出一张钞票，开始数起来）

维克托　是这样，这笔钱我还得分一分，你看——

所罗门　行……我会给你写张收据，记成六百块。

维克托　不不……（他站起身，随意走了几步，看着家具）

所罗门　为什么不？他占了你便宜，你也可以占他的。你要是想，我就记成四百。

维克托　不，我不想那么做。（稍作停顿）我明天给你打电话。

所罗门　（微笑）可以，老天保佑我明天还在的话，我会接电话的。如果我不在……（稍作停顿）那就不在了。

维克托　（懊恼不已，但愿意相信）别再提那些了，行吗？

所罗门　瞧，你说服了我，所以我想要这些东西。不然我该怎么办？

维克托　是我说服了你？

所罗门　（甚为焦躁）绝对是你说服了我。你也看见的，我刚进来看到这些时，我是打算走人的！

维克托 （打断他，因自己的犹豫不定而气愤）啊，见鬼。（伸出手）给我。

所罗门 （希望得到维克托的善意）拜托，别不高兴。

维克托 呃，一切都糟透了。（把手猛然伸到对方面前）快点。

所罗门 （一张钞票停在维克托的手的上方，他抗议道）什么糟透了？你该高兴才对。现在，你可以给她买件漂亮大衣，带她去佛罗里达，也许——

维克托 （嘲讽地点头）对，对！现在我们皆大欢喜了。钱给我。

［所罗门摇着头，把钱数给他。维克托转过头，看着堆积如山的家具。

所罗门 这是一百、两百、三百、四百……听我的劝，给她买件漂亮的毛皮大衣，你的麻烦就全没了——

维克托 这我都知道。快点儿。

所罗门 那你这儿是四百，所以现在我给你五、六、七……我是说早在《圣经》里就有了，无休止的激烈竞争。她的手碰到苹果的那一刻，一切就已经注定了。

维克托　我从来没读过《圣经》。别磨叽了。

所罗门　你读一读就知道了——竞争永远存在，你不可能置身事外。你那儿是七百，所以我现在给你……

［一个男人出现在门口。五十多岁，须发打理得很得体；没戴帽子，穿一件驼绒大衣，面色健康红润，一副精明睿智的模样。

维克托的目光越过所罗门，吃了一惊，手从所罗门要放下的一张钞票上收回来。

维克托　（突然脸红，声音变得尖锐异常，充满孩子气）沃尔特！

沃尔特　（走进屋里，伸出手朝维克托走过来，带着矜持的亲切但笑容僵硬）你好吗，小弟？

［所罗门移到二人视线范围之外。

维克托　（把钱换到左手，以便和沃尔特握手）天哪，我没想到你会来。

沃尔特　（指着钱，半开玩笑地）抱歉来晚了。你做什么呢？

维克托 （努力不去违背自己的意愿，于是故作诙谐地）我……我刚把这些都卖了。

沃尔特 好极了！卖了多少？

维克托 （仿佛很肯定自己被骗了）呃……一千一。

沃尔特 （不带任何感情，不加任何评论）哦。好吧，好。（故意转过身——但克制动作，避免显得刻意——面对所罗门）全部家具？

所罗门 （走向沃尔特，伸出手，一副兴致勃勃、无所畏惧的口吻）很高兴认识你，医生！我是格雷戈里·所罗门。

沃尔特 （尽管觉得对方好笑，但他的矜持暗含责怪）你好。

［他跟所罗门握手，这时，维克托抬手捋平头发，脸上浮现出些微警觉。

幕　落

第二幕

表演继续。幕起时，沃尔特正松开所罗门的手，转身面对维克托。他体态拘谨，因习惯性地控制强烈的好奇心而显得僵硬。他训练有素的露齿微笑略显勉强，但目光温暖，斗志满满。

沃尔特　埃丝特好吗？

维克托　挺好。她一会儿就到。

沃尔特　到这里？太好了！理查德在做什么？

维克托　他在麻省理工。

沃尔特　别开玩笑！麻省理工！

维克托　（点头）他们给了他全额奖学金。

沃尔特　（赶走心中的诧异）真想不到。（脸上笑容扩大，热情中透出一丝尴尬）你为他感到骄傲。

维克托　我想是的。他们让他上荣誉课程。

沃尔特　是嘛，太棒了。你不介意我过来吧？

维克托　怎么会！我给你打过几次电话。

沃尔特　是的，我的护士告诉我了。理查德对什么感兴趣？

维克托　科学。反正目前来看是这样。（谨慎地）你的孩子们怎么样？

沃尔特　（移动脚步，不再直接面对维克托）珍大概是过得最好的一个——你好像没见过她。

维克托　没见过，没有。

沃尔特　时报[①]去年秋天整版报道了她。她设计师干得还不错。

维克托　哦？那太好啦。儿子们呢？还在上学？

沃尔特　经常上吧。（突然笑起来，不愿表现自己的尴尬）我几乎见不着他们，维克。世上的未解之谜那么多，他们偏要选吉他去探索。管他们呢……我

① *Times*，指《纽约时报》。

已经放弃为他们担心了。（从所罗门身边走过，扫视家具）我都忘了他在这儿囤了这么多东西。那是你的无线电！

维克托　（和他一起微笑）是啊，我看见了。

沃尔特　（低头看无线电，又抬头看向电池曾经炸穿天花板的地方。两人都笑了。然后，他看着维克托，明显带着感情）过了这么久了。

维克托　（抵挡心中涌起的手足情意）是的。多萝西好吗？

沃尔特　（含糊地）我想，她大概还不错。（移动脚步，扫视屋里的一切，又突然转回身）期待再见到埃丝特。她还写诗吗？

维克托　没，很多年没写了。

所罗门　他太太很漂亮。我刚刚见过她。

沃尔特　（吃了一惊，仿佛有什么东西突然插进来）哦？（转回身面对家具）嗯，还是那些破烂，对吗？

维克托　（压抑内心更强烈的不满）我不这么觉得，有些东西还不错。

所罗门　有一两件很不错，医生。我们谈成了一笔好买卖。

维克托 （隐隐责备）我没想到你会来；我想我们最好从头来过——

沃尔特 哦，不不，我不想搅了你的买卖。

所罗门 不好意思，我插句话，医生——与其日后再吵，不如你想要什么，现在就拿走。你觉得怎么样？

沃尔特 （有些吃惊，转向维克托）噢，我什么都不想要。我就是路过来问个好，仅此而已。

维克托 明白了。（不理会沃尔特方才的表态，迅速走到长桨旁）我找到了你的桨，你还要吗？

沃尔特 我的桨？

［维克托从家具背后拽出长桨，桨板朝下，做了个划桨的动作。

哈！（接过长桨，看了看长度，笑出声来，又掂了掂重量）我那时候肯定是疯了！

所罗门 不好意思，打断你们。医生，如果您想要这桨的话——

沃尔特 （把长桨立在所罗门面前，让所罗门扶着桨）别激动，我不要这个。

所罗门　不，我是想说——这种私人物品你要拿走，我是不会反对的。

沃尔特　（勉强笑了笑）你很慷慨。

维克托　（替所罗门道歉）我把所有东西都算在里面了——我没想到你会来。

沃尔特　（努力表现出欣然同意的样子）当然当然，没事儿。你都拿了些什么？

维克托　一样也没拿，真的。埃丝特可能想要一盏台灯或者类似的东西。

所罗门　你瞧，他没兴趣。他是个现代人，你有什么办法？

沃尔特　这架竖琴你也不要了？

维克托　（颇为歉疚地）嗯，又没人弹……你要是喜欢的话，就拿走。

所罗门　恕我冒昧，医生——拜托您，那架竖琴另当别论……

沃尔特　（笑——好笑又心烦地）你该不会介意我提个建议吧？

所罗门　医生，请别生气，我只是——

沃尔特　那你为什么打断我们？放松，我们只是聊聊，都这么久没见了。

所罗门　那再好不过了；很抱歉。（坐下来，紧张地扯了扯自己的面颊）

沃尔特　（摸了摸竖琴）挺可惜的——这是外公送她的结婚礼物，知道吗？

维克托　（不无惊奇地看着竖琴）呀——对啊！

沃尔特　（向所罗门）这竖琴你给他多少钱？

所罗门　我没有按单件算，给的是总价。可能三百块吧，那个音板裂了，你知道的。

维克托　（向沃尔特）你想要这琴？

所罗门　拜托，维克托，我希望你别把琴从我这儿拿回去。（对沃尔特）你瞧，医生，我不是要骗你。这竖琴可是这桩买卖的精髓。我知道琴是你母亲的，但是，就像我刚才——（对维克托）——跟你说过的——（对沃尔特）对于二手家具，不能感情用事。

沃尔特　我是无所谓。（对维克托）其实，我想知道父亲他有没有留着母亲那些晚礼服。

维克托　我并没有实打实地挨个检查过——

所罗门　（举起一根手指，迫切地）等等，我想我能帮

上忙。（他走到先前看过的一个大衣柜那里，打开柜门）

沃尔特　（走向衣柜）她有很多华丽的——

所罗门　（拉出一件晚礼服，礼服下摆镶着精美的金丝刺绣）你说的是这个吗？

沃尔特　对，就是这玩意儿！

［所罗门吹落上面的灰尘，将下摆递给他。

多美啊！咦，她参加我的婚礼时好像穿的就是这件！（从柜子里将裙子取出，仔细端详）就是它！你记得吗？

维克托　你想拿它做什么？

沃尔特　（从衣架上取下另一件）看这件！多漂亮！我想珍妮也许能用这料子做一件什么新衣服，我顶希望她身上有些母亲的东西。

维克托　（对这个新奇的想法）哦！好吧，这主意不错。

所罗门　拿着，拿着吧——这些衣服多美。

沃尔特　（把礼服横放在椅子上，突然四处张望起来）那架钢琴呢？

维克托　哦，我还在学校时，我们就把它卖了。我们靠卖钢琴的钱撑了很长一段时间。

沃尔特　（饶有趣味）我从来都不知道这事。

维克托　那是当然。还有那些银器，也卖掉了。

沃尔特　是啊！我真傻，都忘了还有那些东西。（靠坐在沙发背上，兴味盎然又精神十足）我想你大概知道——你现在跟爸特别像。

维克托　是吗？

沃尔特　非常像。而且你的声音也像他。

维克托　这我知道。有时候我都听得出。

所罗门　好了，先生们……（抖一抖手里的钱）

维克托　（指所罗门）我们最好先把这事了结了。

沃尔特　对，你继续！（他走到一边，打量那些家具）

所罗门　（指着维克托手里的钱）你那儿有七——

沃尔特　（不理会所罗门，似乎没办法就这样维持现状）看到你气色这么好，我真是高兴。

维克托　（对于沃尔特再次打断所罗门感到些许奇怪，若有所思地）你也是，看上去精神不错。

沃尔特　我经常滑雪，几乎每天早上都骑马……知道吗，今年有好多次，我都想给你打电话——（突然住口，示意所罗门）你们先弄完，我之后再跟你聊。

所罗门 那么现在我给你——（一张钞票悬在维克托的手上方）

维克托 （向沃尔特）你觉得价钱没问题吧？

沃尔特 哦，我不想横插一脚，只是去年跟多萝西分家时跟这些家具商打过交道，我发现——

维克托 （回想起对方先前所说）你没离婚吧？

沃尔特 （突然紧张地大笑）离了！

［沃尔特说话时，埃丝特上场，手里提着外面套一层塑料膜的正装。

埃丝特 （大吃一惊）沃尔特！我的老天！

沃尔特 （一跃而起，走向她，握住她的手）你好吗，埃丝特？

埃丝特 （介于不满与惊喜之间）你在这儿干什么？

沃尔特 你还是老样子！

埃丝特 （局促地笑了笑，有些纠结）噢，少来了！（把正装挂在一个衣橱的把手上）

沃尔特 （向维克托）你这臭小子，她看起来就二十五！

维克托　（观察埃丝特的反应）可不是！

埃丝特　（既受宠若惊，又觉得受到冒犯）噢，得了吧，沃尔特！（落座）

沃尔特　但你确实看起来像二十五，我说的是实话；你看起来美极了。

所罗门　是因为她身上这套衣服，看到了吗？我跟你说什么来着，这套衣服很漂亮。

［埃丝特听了所罗门的赞美，露出不知所措的表情，维克托微微一笑。

埃丝特　（佯怒，对维克托）你笑什么？衣服就是美。（忍俊不禁）

维克托　没什么，只是你刚才看着很吃惊的样子。

埃丝特　嗯，我只是不习惯一下子周围有这么多赞美！（突然放声大笑）

沃尔特　（忽然想起——连忙道）呀！我今早出门时没想到能见到你，不然就给你带些漂亮的印度镯子来了。我有一整盒从孟买带回来的手镯。

埃丝特　（仍然没有正眼看沃尔特，只是上下打量）你怎么有——

沃尔特　我给一个纺织厂的大老板做过手术，他后来不停地给我送东西。这件大衣就是他送的。

埃丝特　我注意到了，料子很高级。

沃尔特　是吧？两个胆结石换的。

埃丝特　（注意力停留片刻后移到别处）多萝西好吗？你刚才是说你已经——

沃尔特　（非常严肃）是的，我们离婚了。去年冬天。

埃丝特　真遗憾。

沃尔特　冰冻三尺非一日之寒。分开了反而对彼此都好，如今我们几乎可以算得上是朋友。（笑）

埃丝特　哦，得了吧，你这家伙。

沃尔特　（带着一种天真的兴奋）我说真的！

埃丝特　瞧，我是站在女人这边的，所以别跟我来这一套。（对维克托——看见他手里的钱）全都搞定了？

维克托　差不多。

沃尔特　我正跟维克托说——（对维克托）我离婚分家的时候，（对所罗门）你听说过斯皮策和福克斯吗？

所罗门　我认识他们三十年了。伯特·福克斯大概在我手下干过十年、十二年吧。

沃尔特　他们给我估的价。

所罗门　他们都是好孩子。斯皮策比不上福克斯，不过他们两个搭伙，你是尽可以放心的。

沃尔特　是的，所以我——

所罗门　斯皮策是估价师协会的副主席。

沃尔特　是吗？我想说的是——

所罗门　我以前是主席。

沃尔特　真的吗？

所罗门　对啊。是我赋予了估价师职业操守。

沃尔特　（试图保持严肃，维克托也一样）是吗？

［维克托突然放声大笑，沃尔特和埃丝特也不由跟着笑起来，都感受到了一阵暖意。

所罗门　（面带微笑，但坚持刚才的说法）有什么好笑的？听着，要是你知道在我之前，这一行有多混乱，你们就不会笑得那么开心了。是我定下所有的收费标准、收费对象，让估价师成为像医生、律师那样的正经职业，改变了原先乌烟瘴气、混乱无序的状态。现在，你们就可以高枕无忧了——协会里所有的估价师都是百分之百讲究职业道德的。

沃尔特　这么说，你可真是做了件好事啊，所罗门先生。不过我想，这一次你可以做得更好。

埃丝特　（对维克托，他手里还拿着钱）他开价多少？

维克托　（颇为尴尬，但鼓起勇气）一千一。

埃丝特　（焦躁起来，大为不满）天哪，我想那……那也太低了吧？（看向沃尔特，跟他确认）

沃尔特　（驾轻就熟地）得了，所罗门。他每天都在为了大家拼命，大方点——

所罗门　（对埃丝特）果然是亲哥哥！好极了。（对沃尔特）但是，你可以打电话给斯皮策和福克斯、乔·布罗迪、保罗·卡瓦略、莫里斯·怀特，问他们中的任何一个，这些人我都认识，我知道他们会怎么跟你说。

维克托　（努力维持自信，对埃丝特）看，他想说的是——

所罗门　（对埃丝特，抬起一根手指）听他说，因为他——

维克托　（对所罗门）你能稍等片刻吗？（对埃丝特和沃尔特）我知道不一定真像他说的那样，但他说这里很多家具尺寸都太大，搬不进新型公寓。

埃丝特　（冷笑）这你也信?

沃尔特　我不太清楚，埃丝特，不过，斯皮策和福克斯也说过同样的话。

埃丝特　沃尔特，这城里到处都有宽敞的老公寓!

所罗门　亲爱的，你就交给男士处理好吗?

埃丝特　（按捺住一腔怒火）请别对我发号施令，所罗门先生!（对沃尔特，抗议道）光是那对衣橱就值两三百块!

沃尔特　（小心翼翼地）也许，我不应该插手的——

埃丝特　为什么?（指所罗门）不要任由他欺负你们——

所罗门　我的好姑娘，你这么说可无凭无据——

埃丝特　（粗暴地打断他）我不喜欢这样做生意，所罗门先生!我就是不喜欢!（几乎哭出来。停顿片刻。她转过身，面对沃尔特）这钱对我们很重要，沃尔特。

沃尔特　（仿佛受了斥责般）是。我……我很抱歉，埃丝特。（环顾四周）嗯……如果是我的——

埃丝特　怎么？这些东西本来就既是维克托的，也是你的。

沃尔特　噢，不，亲爱的——我不会拿任何东西的。

［停顿。

维克托　不，沃尔特，你该拿走你那一半。

沃尔特　我不那么想，小弟。我只是路过，来问个好。

［停顿。

埃丝特　（深受感动）那太好了，沃尔特。这……真的，我……

维克托　这个我们之后再谈。

沃尔特　不不，维克，这是你挣来的。都归你。

维克托　（抵触沃尔特的暗示）什么叫我挣来的？你那一份归你。

沃尔特　我们等会儿再讨论好吗？（对所罗门）依我看——

所罗门　（对维克托）看来你们现在都不用分家产了。（对维克托和沃尔特）他们拆除这幢楼对你们来说倒是件幸事——你们终于团圆了。

沃尔特　我觉得这些至少值三千块。

埃丝特　我也认为就该是这个价！（对所罗门）我刚才

想说三千五呢。

沃尔特 （对维克托，拿捏分寸）差不多要这个价。

［众人都默不作声。所罗门坐下，对刚才的话不予置评，不看维克托，不甘心地眨着眼睛。维克托思忖片刻，然后转向所罗门，声音里明显带着沮丧。

维克托 所以？你怎么说？

所罗门 （无可奈何地摊开双手，义愤填膺）我能说什么？这太荒唐了。他为什么跟你说三千？怎么不说五千、一万？

沃尔特 （对维克托，毫无责怪之意）你该多找几个人来估价，你看，那是惯常的做法——

维克托 正因为如此，我这一个星期一直在给你打电话，但你从来没接过。

沃尔特 （脸红）那你也不能因为这样就不——

维克托 我觉得自己没权利独自处理——护士把我的留言告诉你了，对不对？

沃尔特 我忙得分不开身，也没打算将任何东西据为己有，所以，我想你肯定——

维克托　可是我怎么可能知道你的意思？

沃尔特　（明显语带自责）是的。呃，我……我请求你原谅。（决定就此打住）

所罗门　不好意思，打断一下。医生，我不明白你的意思，首先，这就是一堆破烂——

埃丝特　谁说这些东西是一堆破烂的！

所罗门　是他这么叫的，埃丝特，就在他刚进门的时候。

［埃丝特转向沃尔特，迷惑不解又气愤不已。

沃尔特　（注意到她的神情；对所罗门）等一下——

所罗门　请别这样。（指着维克托）这位比较实事求是，我们用事实说话。

埃丝特　好吧。沃尔特，你那么说，可太奇怪了。

沃尔特　（以亲近的口气）我不是那个意思，埃丝特——

所罗门　请别再否认了，医生，你说的是破烂。

沃尔特　（严厉地，刻意显得怒不可遏）不是你理解的那个意思，所罗门先生！（控制自己的情绪，然后，半对着埃丝特）你会受够了那些从小看到大的东西……（对埃丝特）我说的是这个意思。

所罗门 亲爱的先生，要是它们是路易十六、比德迈时期[1]的古董那种好东西，恐怕你就不会受够了。

沃尔特 （指着一件家具，因为明知自己在夸大其词而有些气短）告诉你，那边正好有一件就是比德迈风格的！

所罗门 比德迈“风格”！（拿起帽子）我有顶博尔萨利诺[2]风格的帽子，可它不是博尔萨利诺帽。（对维克托）我的意思是，他们不会要我为风格付费。

沃尔特 （努力营造出一种愉悦的氛围）这又从何说起？

维克托 （不肯就此放弃所罗门）我说，沃尔特，你要价的依据是什么？

沃尔特 （脸红起来，却仍然保持微笑）我不知道……只是个感觉。

埃丝特 （语带嘲笑）那你接受一千一的依据又是什么，亲爱的？

---

① Biedermeier，介于新古典主义艺术和浪漫主义艺术之间的过渡时期。

② Borsalino，意大利帽饰品牌。

维克托　（被激怒，忽地显露出大男子主义的劲头）我只是觉得差不多就是这个价！

埃丝特　（老调重弹）天哪，又来了。那好吧，就全扔了——

所罗门　（指着维克托）别急，埃丝特，他什么都没扔掉。他又不是傻子！（也同时对沃尔特）恕我再多说一句，你们这么对待他可不对。

沃尔特　（怒气渐起，但仍保持微笑）你现在是要教我什么是对什么是错吗？

埃丝特　（对维克托，进一步表达跟沃尔特同样的不满）真是的！

维克托　（因为自己也不确定，所以对她的抗议听之任之，他拍了拍所罗门的肩膀）所罗门先生……你能不能去卧室里坐一会儿，让我们几个谈谈？

所罗门　当然，悉听尊便。（站起身）只不过，要知道，你已经谈了个好价钱，用不着觉得无地自容……（对埃丝特）不好意思，我不是要针对谁。

埃丝特　（又好气又好笑）他真是绝了！

维克托　（试图催促所罗门快走）你还是先进去吧。

所罗门　我这就进去；我只是想让你明白，维克托，要是换了别人，（转向埃丝特）我就会告诉你，他手里都拿了钱了，所以这桩买卖已经完成了。

沃尔特　他不能在没有我参与的情况下完成任何交易，所罗门，我是这儿的半个所有人。

所罗门　（对维克托）看到了吧？我刚进来时说什么来着？“所有人是谁？”

沃尔特　你为什么要淆乱视听？我不是要主张权利，我只是——

所罗门　那你干吗插手？他已经拿了钱了。我懂法律！

沃尔特　（动怒）别再犯傻了！打住！我认识纽约最好的律师，你最好进里面乖乖待着。

维克托　（转身陪同所罗门进卧室）你别急，沃尔特，就此打住吧。

埃丝特　（尽量以一副轻松、愉悦的口吻）为什么不让他说？他说得完全在理啊。

维克托　（狠狠地瞟了她一眼，和所罗门一起走向舞台后方）这儿，你最好把这些钱拿好了。

所罗门　别，那是你的钱；你拿……

［他身体晃动了一下。维克托抓住他的

手臂。沃尔特站起身来。

沃尔特　你没事吧？

所罗门　（眩晕，扶住自己的头）没事，没事，我……

沃尔特　（走到他身边）让我看看。（握住所罗门的手腕，仔细端详他的脸）

所罗门　我只是有点儿累了，今天没睡午觉。

沃尔特　到这儿来，躺一会儿。（搀扶所罗门向卧室走去）

所罗门　别担心我，我……（停下脚步，靠在衣橱上，回身指文件夹）医生，如果你不介意的话，我那里面有块好时巧克力。

［沃尔特犹豫着要不要替他跑腿。

帮帮我。

［沃尔特不情不愿地走到文件夹旁，伸手到里面找。

我的身体是很健康的，不过你瞧，午睡，我是一定得……

［沃尔特掏出一个橘子。

不要橘子，那底下有块好时。

［沃尔特掏出一块好时巧克力。

真是个好孩子。

沃尔特　（走回他身边，搀扶他进卧室）好，这边……慢点儿……

所罗门　（走进卧室时）我没事儿，别担心。你们真是好人。

［所罗门和沃尔特进了卧室。维克托瞥了一眼手中的钱，把它们放在桌上，用那柄花剑压住。

埃丝特　你为什么表现得满怀歉疚？

维克托　你是指？

埃丝特　对那老头儿。这是他的最初报价吗？

维克托　你为什么相信沃尔特？他肯定是拍脑袋随便想的价钱。

埃丝特　可我同意他的话。你有没有试试让他加价？

维克托　我不懂怎么讨价还价，也不可能现学现卖。

埃丝特　真希望你不要对什么都不以为意，维克托，我们已经不再是二十岁了。我们需要这笔钱。

［他沉默不语。

你听到我的话了吗？

维克托　我谈成了笔买卖，就这么简单。你知不知道，你有时候讲话的语气，就好像我很无能似的。

埃丝特　（站起身，焦躁不安地来回走动）好吧，不管怎样，你拿全款。好家伙，他变了不少。简直难以置信。

维克托　（对她的话并未表示赞成）看起来像是。

埃丝特　（希望他跟自己的看法一致）他现在这么有人情味！而且他还会笑！

维克托　他的笑我是见过的。

埃丝特　（战战兢兢地笑）是我的臆想，还是你真的想……

维克托　我要考虑考虑。

埃丝特　（轻声地）你不打算拿他那一份？

维克托　我说了我要考虑……

［想当然地认为他肯定会拒绝占有沃尔特的那一份，她实在不知如何是好，于是大步流星地走过去拿起了手提包。

维克托　（站起身）你要去哪儿？

埃丝特　（转身背对他）我想知道，你到底拿不拿他那一份？

维克托　埃丝特，我这一周都在给他打电话，他甚至懒得去接一次，然后不请自来，春风满面，我难道就应该投怀送抱吗？我不可能装作什么都没发生过，你也不能！好了，放轻松点，我们又不是马上就会饿死。

埃丝特　我不明白，你觉得你在维护什么？

维克托　（义愤填膺地）你怎么会不明白?!

埃丝特　但是他正在做的，就是你认为他应该做的啊！你到底想要什么？

维克托　有些事情已经发生过了，对吗？我不可能这么快就回转过来，宝贝。他来这儿才十分钟，我有二十八年的账要算。……好了，坐下，我想要你留下来。（坐下来）

［她仍然站着，不知所措。

求你了。你等一会儿再去喝酒。

埃丝特　（绝望地）维克，全完了。

维克托　（将全部金额打个对折）一千一百块的一半是五百五十，亲爱的。

埃丝特　我不是在谈钱。

［卧室中传来说话声。

他显然是在向我们示好。你为什么就不能稍微敞开下心扉？（仰了仰头）我母亲说得对——我总是不信眼见为实。但这次我要相信。这次我就只相信我所看到的。

［卧室传来椅子剐蹭地板的声音。

维克托　把脸擦干净，好吗？

［沃尔特从卧室走出来，上场。

他怎么样？

沃尔特　我想他会没事的。（语气温和地）天啊，这老强盗！（坐下来）他有八十九岁！

埃丝特　我才不信！

维克托　真是八十九。他给我看过他的——

沃尔特　（笑）哦，他也给你看了那个？

维克托　（微笑）对，英国海军。

埃丝特　他参加过英国海军？

维克托　（仰仗沃尔特的证词）他有退伍证，并非彻头彻尾的骗子。

沃尔特　那倒也不一定。不过，年纪这么大了，还那么拼命……（仿佛承认维克托并不傻）挺让人钦佩的。

维克托　（轻描淡写地）我也这么觉得。

埃丝特　你认为我们该怎么做，沃尔特？

沃尔特　（稍作停顿。他试图收敛锋芒，避免显得过于强势，就像自己要全权接手一样。他朝维克托微微一笑）有个办法，能让你拿到比现在更好的价钱。不过，我想你可能知道。

维克托　你看，我又不是要吊死在他这一棵树上，如果你想找别的家具商，我们可以做做比较。

沃尔特　没有这个必要，毕竟他也是注册过的估价师。是这样，与其把这些家具卖掉，不如把它们当作一笔慈善捐助。

维克托　我不懂。

沃尔特　非常简单。他给家具出个价，比方说两万五千块，然后——

埃丝特　（听得入迷，笑出声来）你这是在开玩笑吧？

沃尔特　大家都是这么做的。听起来好像天方夜谭，但其实是合法的。他估出家具的最高零售价，可以有这么个数字，然后我将这个数额捐给救世军[①]。但

① Salvation Army，国际基督教宗教和慈善组织。

我必须是所有人，因为我的所得税率远高于你们，所以由我来申请减税会更合理。我要上缴近百分之五十的所得税，所以假如我提供两万五千块的个人捐赠，就能获得近一万二的减税，这些钱我们可以按你的意愿分。假如对半分的话，我就给你六千。(停顿)这确实是唯一合理的办法了，维克。

埃丝特　(瞥一眼维克托，但他保持沉默)这么做，你需要付出什么吗？

沃尔特　不需要，对我来说反而是多了一笔意外之财。(对维克托)这个法子我刚跟他也提了。

维克托　(仿佛这正是问题所在)他怎么说？

沃尔特　这要看你了。我们可以给他出个五六十块的估价费。

维克托　他愿意这么干吗？

沃尔特　他当然更愿意直接买下来，但是管他呢——

埃丝特　是啊，又不是他说了算，你说呢？

维克托　不是……只是我觉得我们刚才已经说好了，而且我——

沃尔特　要我说，你没必要为这点操心，毕竟他填一张表就能到手五十块。

埃丝特　一个下午挣那么多也不错了。

［停顿。

维克托　我想考虑一下。

埃丝特　如果你还想和他谈，时间可不多了。

维克托　（感觉被逼入绝境）我就需要几分钟。

沃尔特　（对埃丝特）当然可以……让他再好好想想。（对维克托）这么做完全合法，你大可放心。我险些就是这么处理自己的东西的，不过最后还是决定留着它们。（笑）其实，我自己的公寓现在也是堆得满坑满谷，看起来跟这儿差不多。

埃丝特　不过，也许你会再婚呢。

沃尔特　我想这不大可能，埃丝特，我一直有种感觉，我根本不该结婚的。

埃丝特　（嗤之以鼻）吓，干吗说这种话！

沃尔特　我是认真的。我从事的职业很特殊，这一行有太多东西要学，可留给你学习的时间却很少，为此你要付出代价。我拼命骗自己说事实并非如此，可我根本没有时间留给身边的人，没办法满足一个女人的期待——任何一个女人的期待。（笑）反倒是一个人过得挺好！

维克托 这样一笔钱我该怎么报税？

沃尔特 这个……可以算作赠与所得。

［维克托沉默不语，显然内心很矛盾。沃尔特看得出他在做思想斗争。

不是说它就是赠与所得，但报税时可以这么报，这是法律允许的。

维克托 我明白。我只是好奇这怎么——

沃尔特 就填赠与所得。不会有问题的。

［第一次，沃尔特感受到了一阵厌恶情绪的隐隐刺痛，他移开目光。埃丝特挑了挑眉，眼睛盯着地板。沃尔特从桌上拿起花剑，显然是想转移话题。

你还玩花剑吗？

维克托 （近乎感激地跟着他岔开话题）不玩了，你得是俱乐部之类的会员才行，而且我周末经常要上班。花剑是我刚在这儿找到的。

沃尔特 （仿佛为了缓和下氛围）母亲那时总爱看他击剑。

埃丝特 （颇为惊喜）真的？

沃尔特 对，她每场比赛都去看。

埃丝特　（不知怎地着迷般对着维克托）你都没告诉过我。

沃尔特　当然了，是她指使他练的。（朝维克托笑）她认为击剑是一项优雅的运动！

维克托　嘿，你说的没错！

沃尔特　（想起那段回忆，禁不住笑起来）他击剑的样子确实很帅！（拨开西装前襟，露出胸部）我的伤还在！（对着维克托，维克托笑起来）特别是击剑时戴的长手套，她——

维克托　（回想起来）对了……（激动地四处张望）我想想看到底在哪儿。（忽然向一个衣柜走去）等等，它们以前是在……

埃丝特　（对沃尔特）击剑手套？

沃尔特　那是她从巴黎带回来的，上面的刺绣考究极了。他戴在手上，看起来就像过去的火枪手。

［维克托从他早先发现冰鞋的抽屉里，取出一双装饰精美的手套。

维克托　在这儿！真想不到！

埃丝特　（伸出手去）真好看！

［他递给她其中一只。

维克托　老天，我早就把这玩意儿给忘光了。（把剩下的一只轻轻地套在手上）

沃尔特　是一九二九年圣诞节那天。

维克托　（动了动那只戴着手套的手）看，它们还是挺柔软的……（对沃尔特，有些羞于启齿）你怎么能记住所有这些东西的？

沃尔特　怎么会记不住呢？你不记得吗？

埃丝特　他不太记得你们的母亲。

维克托　我记得她。（看着手套）只是她的脸，不知怎么搞的，我总看不清她的脸。

沃尔特　（亲切地）真让人意想不到。（对埃丝特）母亲最疼爱他。

埃丝特　（高兴地）是吗？

沃尔特　那还用说？碰上下雨天，她会一路跑到学校给他送雨靴。她的维克托——老天爷！等到维克学会划火柴，他已经是母亲眼里的路易·巴斯德[①]了。

维克托　奇怪……跟那架竖琴一样！我几乎能听见琴

---

① Louis Pasteur（1822—1895），法国微生物学家、化学家，发明了巴氏消毒法及狂犬疫苗。

声……但就是看不清她的脸。不知怎么回事。(一阵沉默，他看向竖琴)

沃尔特 怎么了?

[停顿。维克托的眼里饱含情意。他转过身，抬头望着沃尔特，沃尔特突然觉得难为情，莫名地不安起来。

所罗门 (从卧室出来，上场。他看上去惴惴不安，穿着背心，领带也散了，没有走到舞台前方)麻烦你，医生，不介意的话，我想……(戛然而止，指向卧室)

沃尔特 怎么了?

所罗门 就一小会儿，拜托了。

[沃尔特站起身。所罗门瞟了一眼维克托和埃丝特，走回卧室。

沃尔特 我去去就回。(快步向后走去，进了卧室)

[停顿。维克托坐着，陷入沉默，无法面对埃丝特。

埃丝特 (感觉到他内心的矛盾，小心翼翼又充满同情地)你为什么不能接受他现在的样子?

［他向她投去一瞥。

唉，你不能指望他道歉，维克。不管怎样，对于那段时间，他可能跟你有不同的看法。

［他沉默着，她走到他身边。

我知道这很难，但我想，他在试着向我们示好。

维克托　我也这么想，是的。

埃丝特　你知道怎么样才能让我们开心吗？如果我们能空出一两个礼拜，去到一个类似……世外桃源的地方……真正放松一回，看看别人都在干些什么。一直以来，你周围尽是些卑鄙小人和他们丑陋的小把戏。我是认真的——这样的生活毫无浪漫可言。我们已经在过度怀疑一切了。

维克托　（凝视前方）奇怪的家伙。

埃丝特　为什么这么说？

维克托　唔，他就那样堂而皇之地走进来，好像什么事都没发生过。

埃丝特　这有什么？过去发生的一切你又能拿它怎样呢？

维克托　（稍作停顿）我觉得我必须说点什么。

埃丝特　（尽管提心吊胆，但言语间只稍有流露）你能说什么？

维克托　你觉得我就该拿了钱，然后闭上嘴，对吗？

埃丝特　可是这样走回头路又有什么意义呢？

维克托　（故作振奋）除非跟他谈过，不然我是不会接受这笔钱的。

埃丝特　（感到害怕）一想到他如今是个正人君子，你就觉得难以忍受。

［他目光犀利地看着她。

就是这么回事，亲爱的。抱歉，我必须说出来。

维克托　（声音毫无起伏）我难以忍受他是个正人君子！

埃丝特　是你要把这到手的钱扔了，你得给我解释清楚。你不能什么事都怪他、怪制度或者怪天晓得的别的什么！你是自由的，但你寸步难行，维克，这就是你快把我逼疯的原因！（沉默。然后轻声地）现在收下这笔钱吧。

［他不说话，盯着她看。

你收下这笔钱！不然我就没指望了。你听见没？你被困住不意味着我也得跟你一样。就是这样。

［卧室中传来走动的声音。她站直身体。维克托预备好用手慢慢抚平头

发，如同调整好状态，准备迎战的将士一般。

沃尔特　（自卧室上场，笑着摇了摇头，指向卧室）好家伙，这位脾气可是够倔的。你俩啥关系？你以前认识他吗？

维克托　不认识。怎么了？他说了什么？

沃尔特　他还是在想直接买下来。（笑）他说得好像你给他打电话就帮他延了五年寿似的。

维克托　这有什么关系？我并不介意。

沃尔特　（觉察到话中隐含的责难）当然，这没什么。（坐下来。稍作停顿）我们不理解对方，不是吗？

维克托　（语气有些生硬，迎上沃尔特的微笑）我是有点混乱，沃尔特……是的。

沃尔特　这又是为什么？

［维克托没有立刻回答。

说吧，反正我们剩下的日子也没几天了！

维克托　好，那我就给你举个例子。星期一我给你打电话，星期二又打，接着今天早上——

沃尔特　我跟你解释过了。

维克托　可我不是为了消磨时间才给你打电话的。你的护士接的电话，听她的口气，就像我是个烦人精……真是太丢脸了。

沃尔特　（出人意料地露出异常难过的神情）真的很抱歉，她不应该那样做。

维克托　我知道，沃尔特，但是我无法想象她是擅自用这种口气跟我说话的。

沃尔特　（终于意识到维克托内心怨恨之深）哦不——她一贯如此。我提到你时从不会出言不逊。

［维克托沉默不语，并未信服。

相信我，好吗？非常抱歉。我工作太忙了，仅此而已。

维克托　好吧，你问了我，所以我现在告诉你。

沃尔特　对！你告诉我就对了！但请别误会。（稍作停顿，愈发局促，努力挤出一个笑容）关于税这件事，他愿意给两万五的估价。（艰难地）如果你愿意，我完全乐意减下的税款全数给你。

［稍作停顿。

埃丝特　一万二？

沃尔特　减下多少是多少。

［停顿。埃丝特缓缓看向维克托。

你现在肯定快退休了吧？

埃丝特　（兴奋地）他已经过了退休年限了。不过他还在考虑下一步怎么办。

沃尔特　哦。（对维克托——几乎带着明显的尴尬）那么这笔钱正好能派上用场，不是吗？

［维克托瞟了他一眼，算作回答。

这钱我不需要，维克。其实我一直想给你打电话来着。

维克托　为什么？

沃尔特　（突然怪异地笑了笑，伸手碰了碰维克托的膝盖）别疑神疑鬼的！

维克托　（咧嘴笑）我只是想弄明白原因，沃尔特。

沃尔特　嗯，好吧，是这样。（稍作停顿）我想是时候互相了解下彼此了，就这样。

维克托　你知道，沃尔特，我以前就给你打过几次电话，想谈家具的事——应该是三年前。

沃尔特　我那时候病着。

维克托　（惊讶）噢……因为我当时给你留了很多条留言。

沃尔特　我病得挺厉害，需要住院治疗。

埃丝特　怎么回事？

沃尔特　（稍作停顿，仿佛不太确定是否要说出来）我精神崩溃了。

［短暂停顿。

维克托　我一点都不知道。

沃尔特　实际上，直到最近，我的生活才开始步入正轨。我做了将近三年的无业游民。（重新以笃定的口吻）不过，我现在倒是要感谢那段时间——我还从来没有像现在这样开心过。

埃丝特　你看起来像变了个人！

沃尔特　我觉得我是变了，埃丝特。我的生活方式变了，想法也变了。除了一个小公寓，身边别无他物，那些养老院也都被我处理掉了——

维克托　什么养老院？

沃尔特　（带着一种无关痛痒的自我调侃）噢，我名下曾有三家养老院。老年人这块儿非常赚钱，你知道。绝望无助的子女要找地方安置父母——没别的行业比这更有利可图。我甚至从市场上全身而退了。如今我有一半时间待在市立医院。我告诉你，现在的我才是真正地活着。生平第一次，我给人看病开药，心无旁骛。（尝试露出亲近的笑容）不是说我再也不赚富人的钱了，只是，差不多够生活就行了，真的。（仿佛他此行的目的就是为了告诉维克托这些，他停下来，等待维克托的评论）

维克托　那一定很棒。

沃尔特　（抓住这微小的鼓励）维克，我真希望我们能聊上几个礼拜，我有好多话想跟你说……（谈话并未按他希望的方式进行，他得随口说些例子来解释他的新感受）我从来没什么朋友，这你大概知道。但是我现在有了。（走动几步，坐到维克托旁边，热情洋溢）事情就是在不知不觉中慢慢变成这样的。你想做到最好，那肯定是需要些狂热劲头的；要学的东西那么多，时间却又那么少，直到你把不相干的一切抹干净（微笑），包括人。到头来你自然会意识到，不只是你在专攻某个学科，某些东西也在专攻你。你变成了一种工具，一种从人那里收割金钱、从世界那里收割名望的工具。最终，这一切只会让你变得愚蠢，这不过是权力使然。你开始意识到，因为你让人害怕，所以人们才爱你。

尽管你爱他们。归根结底，一切不过是拜恐惧所赐。有一天晚上，我发现自己站在自家客厅的中央，烂醉如泥，手里还拿着把刀，准备杀我老婆。

埃丝特　我的老天！

沃尔特　唉，是的——我也差点儿杀了她。（笑）不过发疯失智也有它的好处——当然前提是你劫后余生——你开始看清生活的可怖之处，不是那种让人尖叫的骇人，而是那种你称之为抱负、审慎、拜金的恐惧，缓慢的、日常的恐惧。真的，我这段时间一直想告诉你的就是，是你帮我认清了这点。

维克托　我？

沃尔特　是的。（咧嘴笑笑，笑容诚挚亲切，又有点不好意思）因为你的所作所为。我过去无法明白，维克——不管怎么说，你是学习更好的那个。这么多年来却只能从事这样一份工作，似乎……（稍作停顿，不确定维克托作何反应，因而笑得更加灿烂）直到我后来生病，我才恍然大悟，你是做了一个选择。

维克托　一个选择？怎么讲？

沃尔特　你想要真正的生活，而这代价不菲。（这才找到自己的主题，看到自己终于触动了维克托内心某处，语气变得愈发笃定）我知道，这么说可能太过天真，但对于重要的事，我仍然觉得应该这样谈一谈。说实话，我这礼拜没接你电话是因为我害怕。我挣扎了这么长时间才获得的这个自我认知，我不知道能不能让你信服。不过，我想试试看。（从维克托困惑的眼神里看到继续说下去的默许）后来我甚至到了……对自己的工作怕得要死的地步，没法拿起手术刀。有时候，你知道，对于一些病人，你要是不管他，他可能会多活一两年，但如果你插手，他就可能死在你手里。到底怎么选择，这通常……虽然不完全是但几乎是……全由医生定夺。如果你诊断周全，存在失败的几率是可以理解的。或者压根儿不去想，我以前就这么干。（短暂停顿。他不再微笑，显得近乎窘迫）我遭遇了一系列误诊事故。这种事时有发生，只是从来没像这样接二连三地发生在我身上。这些事故都有一个共同点，就是别的医生认为不适合进行手术治疗，突然间……我的工作动机中可能导致的问题就全都暴露出来了。我为什么要冒险做连那些医术高明的医生都拒绝做的手术？第一反应，是为了去完成不可能完成之事，是可耻的争强好胜。但是，忽然之间，我发现还有别的原因。是恐惧，在正中心指挥我的大脑、我的双手、我的理想足足三十年的恐惧。

［稍作停顿。

维克托　对什么的恐惧？

［停顿。

沃尔特　（现在，他的目光直视维克托）对于灾难也会降临到我身上的恐惧（看了看舞台中央的椅子），就像他所经历的那样。一夜之间，无缘无故地发现自己一落千丈、忍辱偷生。（露出一丁点儿不耐烦和挑衅）你知道我说的是什么，对不对？

［维克托稍稍转身，拒绝正面回应。

那不正是你不去理睬这一切的原因？

维克托　（现在感觉牵扯到了自己）部分原因是，但不全是。

沃尔特　维克，我们都在逃避同样的东西。我以为我想成为最拔尖儿的，但那遥不可及。我被成功和存折淹没，而你成了公职人员。我们的区别是你从未伤害他人以保全自己。我学会了要尊重你的选择，维克；你单纯是努力成为有用的人。

埃丝特　那真是太好了，能跟自己和解。

沃尔特　说来真怪，埃丝特。住院那会儿，我从小到大第一次感到……自己是个兄长，我是指我们兄弟间的共通之处。（对维克托）而且我感觉，我现在总算知道如何与人为友了。

维克托　（稍作停顿，游移不定）那敢情好。我真为你高兴。

沃尔特　（意识到对方有所保留，但感到自己已有了进展，于是更急迫地说下去）你看，这就是为什么你们没离婚，这多难得啊！也是为什么你们的孩子品学兼优。你过的才是真正的生活。（对埃丝特）不过我说的这些，你比我更清楚。

埃丝特　我可不知道我清楚什么，沃尔特。

沃尔特　别不信，亲爱的——相信我，你们是幸运的人。（对维克托）你知道的，对不对？

维克托　（不看埃丝特）我想是的。

埃丝特　可不像你说的那么简单，沃尔特。

沃尔特　（犹豫不决，接着，索性豁出去）看，我有个疯狂的想法——可能对你来说有点儿荒谬，但是我希望你别急着拒绝，先考虑一下。我猜，你还没决定要干什么，是吧？你快要退休……

维克托　就这几天，我会做出决定的，目前还在考虑中。

沃尔特　（紧张地）我能给你点儿建议吗？

维克托　那当然，尽管说。

沃尔特　我们扩建的部门正在招人。是行政类的工作。有点儿像科学家和委员会之间的联系人。我好几次想到这可能挺适合你的。

［短暂停顿。

埃丝特　（充满期待）那太好了！

维克托　（稍微停顿。他克制地看了一眼埃丝特，但是他的声音暴露了他的兴奋情绪）可是，我在那儿能做什么呢？

沃尔特　（觉察到维克托的兴趣）目前这事还没敲定，但是，具备一定科学知识的人是有用武之地的——

维克托　我没学位，你知道的。

沃尔特　但是你学过分析化学，数学和物理知识懂得也不少，如果我没记错的话。要是你觉得有需要，也可以上个夜校。我觉得以你的教育背景，应付这份工作绰绰有余。你觉得怎么样？

维克托　(抵制住诱惑)嗯……当然了，我愿意再多了解了解。

埃丝特　(似乎在敦促他尽快接受)他要是能在科学领域工作，那就太好了，这是他一直以来梦寐以求的。

沃尔特　我知道。他没能完成学业实在是太可惜了。(转而面对维克托)很简单的，维克，我是委员会主席。我可以全部安排好——

[所罗门上场。他们转向他，吃了一惊。他好像想说点什么，但是因为担心又改变了主意。

所罗门　不好意思，你们接着说。(忐忑不安地走到放文件夹的地方，伸手去取——并非出于本意)很抱歉打扰到了你们。(从文件夹里掏出一个橘子，开始往回走，接着停下来，对沃尔特说)关于那架竖琴，如果你肯直接全部卖给我的话，我愿意再加五十块。所以，一共就是一千一百五，你们两个谁也不会损失什么。

沃尔特　嗯，你这是越来越通情达理了。

所罗门　我是个公道人！所以你就不用费事搞估价和减税了，好吗？（沃尔特还没来得及回答）不过别着急，我可以等，静候你们的差遣。（*他步履匆匆，一脸忧虑地走进卧室*）

埃丝特　（笑起来，对维克托）你从哪儿找来的？

沃尔特　一个妙人儿，是不是？是他“赋予了估价师职业操守”！

［埃丝特忍不住大笑，沃尔特跟她一起笑出声来，维克托也加入其中。待笑声渐歇，沃尔特转向维克托。

你觉得怎么样，维克？你愿意来我这儿看看吗？

［笑声停止。笑容从维克托脸上渐渐隐去。他目光空洞，仿佛在做决定。停顿在静默中一再延长。这会儿看样子他也许根本不会开口。没有人知道怎样打破他令人不解的沉默。终于，他颇为迅速地转过头，面向沃尔特，似

乎已下定决心迈出这一步。

维克托 我拿不准是不是真明白了你的意思，沃尔特。

[沃尔特露出大吃一惊、难以置信的表情。但是，维克托目不转睛地看着他。

埃丝特 （用一种从中调解的语气掩盖她的惊讶与不满）这么说有点儿不太公平吧？

维克托 为什么不公平？我们在讨论的是很大的变动。（对沃尔特）不是我不知好歹，沃尔特，但有些事已经发生了，对不对？（干笑一声）只是觉得有点奇怪，突然像什么都没发生过一样讨论起——

沃尔特 （咽下怨恨的情绪）我是希望我们能一步一步地解决问题，仅此而已。我想我们之间的事很复杂，我觉得我们也许可以试试——

维克托 我知道，但是这挺让人困惑的，你应该能理解。

沃尔特 （不由自主因愤怒而提高嗓门）是什么让你困惑了？

维克托 （考虑片刻，但已经无法回头）你心里肯定多少有点数，对不对？

沃尔特　我有点儿吃惊，维克托。这么多年过去了，你不可能指望一次谈话就解决所有问题，对吧？我只是觉得，只要还带点儿好意，我们……我们……（看到维克托固执的姿态）哼，见鬼去吧。（疾步上前，一把抓起大衣和母亲的一件晚礼服）从老头儿那里能拿多少拿多少吧，我什么都不要。（走向埃丝特，伸出手，挤出一丝笑容）抱歉，埃丝特。无论怎样，见到你很高兴。

［她握了握他的手，有些抵触。

也许，我们还会再见面的，维克。祝你好运。（他向门口走去，眼中泛着泪光）

埃丝特　（未加思忖）沃尔特？

［沃尔特停下来，疑惑地转向她。埃丝特无助地望向维克托。但是，他也无法思考。

沃尔特　我不接受你对我的这种怨恨，维克托。它只能让我觉得困惑，无法理解。我只是想让你了解我的感觉。

埃丝特　（安抚地）那不是怨恨，沃尔特。

维克托　你说的这一切对我来说有点儿异想天开，没别的。我都二十五年没翻过书了，怎么能去一个研究实验室工作？

埃丝特　但是沃尔特觉得你有足够的背景——

维克托　（暗暗生她的气，却因她的话几乎笑出声来）我懂的那点化学还不如高中生，埃丝特。（对沃尔特）物理也一样！老天爷，沃尔特。（笑）这你还不知道吗？

沃尔特　我敢肯定你能为自己找到一席之地的——

维克托　什么一席之地？在办公室里给人跑腿送文件？

沃尔特　你不是认真的吧。

维克托　为什么不是？要不了多久，我是你弟弟这件事就不会再有什么意义了，不是吗？我当警察当了二十八年，技术性的活儿我干不来。你又何必如此？

沃尔特　你为什么不停地问我干吗这么做？从头到尾我都对你推心置腹，维克托！

维克托　我并不觉得。

沃尔特　为什么！你认为我是——

维克托　好吧，你刚刚说那些话的时候，我——

沃尔特　我说什么了?!

维克托　(努力维持淡然的微笑)我没继续学科学太可惜了。

沃尔特　(困惑不解)我那么说有什么问题吗?

维克托　(笑着)哦，沃尔特，得了吧!

沃尔特　可是我就是这么觉得的。我一直有这种感觉。

维克托　(仍然微笑着，指着舞台中央的椅子；声音里多了一丝之前没有的颤抖)曾经有一个人坐在这张椅子上对着空气发呆。你不会不记得了吧?

沃尔特　我记得，记得很清楚。我每月给这个人寄钱。

维克托　你每月给他寄五块钱。

沃尔特　我就只能拿出五块钱。可这跟你有什么关系?

维克托　跟我有什么关系!

沃尔特　对，我不明白。

维克托　那你能想象他生活的其他开销是从哪里来的吗?

沃尔特　维克托，那是你的决定，不是我的。

维克托　我的决定!

沃尔特　我们曾经在这间屋子里有过一次长谈，维克托。

维克托 （回忆不起来）什么长谈？

沃尔特 （震惊不已）维克托！我们是达成了完全一致的共识的——就在你搬到这里跟爸住了以后。我那时候就告诉过你，无论遇到什么困难，我都会读完书，而且我建议你也读完。实际上，我还警告过你，别让他扼杀了你的生活。（对埃丝特）如果我没记错的话，在你们的婚礼上我跟你说过同样的话，埃丝特。

维克托 （难以置信地笑）那到底该由谁来养活他，沃尔特？

沃尔特 （感到怪异的恐惧多过愤怒）为什么该有人来养活他？他又没病。他完全可以出去工作。

维克托 工作？在一九三六年？身上没有一技之长，没有钱？

沃尔特 （突然爆发）那他可以去领救济！他是谁？是流亡的皇亲国戚吗？其他一亿五千万人在一九三六年都是怎么过的？他是能活下去的，维克托。老天爷，这点你现在总归意识到了吧？

［短暂停顿。

维克托 （忽然处于盛怒的边缘，沃尔特正在直抒己见，让他猝不及防，他转向埃丝特）我受够了，埃丝特。翻来覆去又是过去那点破事儿，我们离开这儿。（他开始快步朝舞台后方的卧室走去）

沃尔特　（飞快地）维克！别走！（他抓住维克托，维克托甩开手臂）我不是在指责他。我在很多方面是爱他的——

埃丝特　（似乎在她原来的立场上有所让步）维克，听着——也许你们应该谈一谈。

维克托　这些都毫无意义！整件事对我来说都无所谓！（他转身向卧室走去）

沃尔特　他利用了你！

［维克托停下来，转身面对他，满面怒容。

这对你来说也无所谓吗？

维克托　让我们搞清楚一件事，沃尔特——我不是任何人的牺牲品。

沃尔特　可这正是我想告诉你的事。我不是来对你施恩的。

维克托　你当然是。假如我在什么地方发了大财，你还会跟我说这些吗？（突然停住）我很抱歉，沃尔特，我不能接受你的说法。我没有作什么选择。冰箱是空的，老人家就坐在那儿张着嘴。（稍作停顿）不是我挑起这个话题的，沃尔特，我对这整件事没有任何兴趣，但是当你说到作选择，说到我不该放弃科学的时候，我就不得不说点儿什么了。就因为你想按照某种方式去理解事情，不代表事情本来就是那样。（他在离沃尔特颇远的一个地方站定）

［短暂停顿。

沃尔特　（不安中混杂了敌意）那么，好吧……你是怎么看这一切的？

维克托　你看，你生过病，沃尔特，为什么还要让这些事弄得自己心烦意乱？

沃尔特　这对我很重要！

维克托　（试图微笑，还要表现出和善）但为了什么呢？已经是覆水难收了。（他再次向卧室走去）

埃丝特　我想他来找你是出于好意，维克托。

［维克托气愤地转身面向她，但她大胆地迎上他的目光。

我不懂你为什么不考虑一下他的提议。

维克托　我说了我会考虑的。

埃丝特　（忍住要哭的冲动）你很清楚你会拒绝他！（虽

然担心他的反应，但是仍然坚持）我想说的是，说实话有那么可怕吗，说出来难道会比现在这样更糟吗？

维克托　什么“实话”？你在说什么——

［所罗门突然从卧室中现身。

埃丝特　老天爷，又怎么了？

所罗门　我只是不希望你们以为我不愿估价；我愿意，我会估的——

埃丝特　（手指卧室）请你让我们自己待会儿，行吗？

所罗门　（突然之间，说出压抑良久的感受，指维克托）你到底想从他那儿得到什么？他是个警察！我是家具商，他是医生，而他就是个警察，所以说，你们这样把他批得体无完肤有什么好处呢？

埃丝特　看来我们中肯定得有人离开这间屋子了，维克托。

所罗门　埃丝特，请让我……（快步走到沃尔特身边）医生，听我说，按我的建议——就此打住吧。你这么做会有什么好结果呢？首先，如果你走减税这条路，你怎么能保证他们不会两三年以后才给你回音，告诉你减税申请不通过？不用我说你也知道，联邦政府一点儿都不可靠。你想对他好点儿，这我完全理解——（对着埃丝特）——不过，你可能要等个两三年才会知道，他们允许他发多大程度的善心。（对维克托和沃尔特）换句话说，我试图说明的是，孩子们——

埃丝特 ——你想要这些家具。

所罗门 （对她咆哮起来）埃丝特，我如果不想要的话，我就不会买了！可是他们现在这样能敲定什么？最后一切还是取决于联邦政府，你明白吗？如果他们什么都敲定不了，现在就该打住！（眼中有警告和担忧的神色）现在，拜托——就按我说的做！我又不是傻瓜！（他浑身颤抖着朝卧室走去）

沃尔特 （片刻之后）我想，他说得有道理，维克。你不如就卖给他，也许等这事了结了，什么时候我们可以坐下来好好谈一谈。（瞥了一眼周围的家具）这里的氛围实在不怎么适合我们谈心。我到时候再打给你，好吗？

维克托 好。

埃丝特 你们俩真是绝了！（试图笑一笑）我们在把这些家具拱手送人，就是因为那些再简单不过的事情没人能说出来。你们俩可真是好样的。

沃尔特　（有些惭愧）没你说得那么简单，埃丝特。

埃丝特　哦，管他呢——我来说。沃尔特，当初他为了那完成学业需要的五百块钱去找你——

维克托　埃丝特！没有——

埃丝特　有很多事横在你们俩之间，这是其中一桩，对不对？也许，沃尔特能解释一下。我的意思是……老天爷，这事还有完没完了？（对沃尔特，不加停顿）因为这让他很震惊，沃尔特。他永远不会这么跟你说，但是——（一鼓作气）他从没怀疑过你会把钱借给他。所以当你拒绝了他——

维克托　（似乎对这陈年旧事感到厌倦）埃丝特，他那时才刚起步——

埃丝特　（并不理会，继续）你当时不是这么说的！请让我讲完！（对沃尔特）你那时已经在拉伊有了房子，已经很有地位了，对不对？

维克托　那又怎么样？他不觉得他能——

沃尔特　（心生恐惧，轻声地）不，不是，我……我本可以拿出钱来的……（缓缓坐下）维克，请你——坐下，就一小会儿。

维克托　我只是不明白这么做有什么意义——

沃尔特　不——不；也许不妨就趁现在聊一聊。我们从来没聊过这事。我觉得也许我们应该聊聊。（短暂停顿。对埃丝特）我那么做是很卑鄙，但我想我没办法让事情就这么过去。（稍作停顿）两三天后——（对维克托）你来找过我的两三天之后，我给你打过电话，提出把钱给你。你知道吗？

［短暂停顿。

维克托　你电话打到哪里的？

沃尔特　这里。我跟爸说的。

［短暂停顿。维克托坐下。

我意识到自己之前的表现很恶劣，所以我——

维克托　你没有表现得很恶劣——

沃尔特　（忽然提高声调）太可怕了！（努力从过去的回忆中打起精神）我们改天再聊，好吗？我还没准备好谈这些……

［维克托面无表情。

不管怎样……我打电话来的时候，他告诉我你已经参加了警队。然后我说——他千万不能让你去做那样的事。我说——你很聪明，运气好点的话在科学领域会有所成就的，去做警察太浪费了，等等。他的回答是——“维克托想帮我。我不能阻止他。”

［停顿。

维克托 你告诉他你准备给我那笔钱了吗？

沃尔特 维克托，你记得他……他声音里的无助。母亲刚过世，他内心的一切都崩溃了，在这时候告诉他？

维克托 （坚持先前的问题）跟我说清楚点儿，沃尔特，你告诉他了吗——

沃尔特 （异常痛苦，但是强撑着让自己继续）我们聊了很多，不是吗？现在再回过头去看，根本不可能解释清楚你为什么说了某些事情，或者没说某些事情，对不对？我不是在辩解，但是，如果可以，我希望你能理解我。你们大家似乎都更需要对方，维克——你比我更需要他们。我永远无法体会你……对他的那种信任，甚至……笃信。他的自私——再正常不过了——在我看来总是很明显，但是你似乎从未觉察。我对此一直很自责，觉得是自己感情匮乏。你明白吗？所以，当他说你想帮他的时候，不知怎地，我感觉要是我割断你们之间的感情纽带，那就是我的错，我就成了干涉你们关系的那个人。

维克托　这我就明白了——因为他从来没提过你愿意提供那笔费用。

沃尔特　我想让你明白的是……我从来不是无动于衷的。这就是我的全部意思。我确实打过电话到这里，想借钱给你，但是是他让这变得不可能，这你难道不明白吗？

维克托　我明白。

沃尔特　（急切地）真的？

维克托　是的。

沃尔特　（意识到言下之意）请说出你的真实想法。这样继续下去太荒谬了。你想说的到底是什么？

维克托　（短暂停顿）我认为所有这一切……对你来说不费吹灰之力。

沃尔特　（目瞪口呆）就这样？

维克托　是的。如果你觉得爸爸对我来说那么重要——我想，某种程度上确实如此——那么区区五百块怎么会破坏我们的关系？我肯定会继续供养他的；那些钱能帮我完成学业，仅此而已。所以你刚才的那番说辞毫无道理可言，沃尔特。

沃尔特　（语气中透出一丝歇斯底里）那么依你看，什么才是合理的解释？

维克托　你没给我钱是因为你不想给。

沃尔特　（受到伤害，隐隐被激怒——短暂停顿）就那么简单。

维克托　这是自然而然得出的结论，难道不是吗？不是说你有义务要怎样，而是你如果想帮一个人，你就帮了，如果不想帮，就不会帮。（看得出沃尔特显得愈发沮丧，埃丝特开始不耐烦）好吧，这也没什么好大惊小怪的。我们做我们想做的事，不是吗？（沃尔特没有回答。维克托焦躁起来）我不懂事到如今你再提这些干什么。

沃尔特　你不觉得有任何修复弥合的必要。

维克托　我并不介意重修旧好，但是这样谈话能治愈什么？

埃丝特　我想他说得很清楚，维克托。他想要修复的是跟你的兄弟情谊。

维克托　通过提供给我一份工作和一万两千块钱？

沃尔特　这样不好吗？除此之外，我还能提供给你什么？

维克托　可是，你为什么一定要给我点什么？

［沃尔特默不作声，在道义上陷入了僵局。

听起来好像我必须被人拯救，或诸如此类。

沃尔特　我只是觉得有你可以做且做了也会喜欢的工作，而且我——

维克托　沃尔特，我没有相应的教育背景，你的提议根本无从谈起。你不能像这样说来就来，手一挥，把过去的二十八年一笔勾销。人总是要付出代价的。我付出了我的，一切逝去，我一无所有。你也付出了你的，不是吗？你没有了妻子，失去了家庭，到处找人喋喋不休。你难道能回到家中从头来过吗？这就是我们所处的位置；此时此刻，就在这里。既然我们开了这个话头，我得告诉你，这不是你当着别人老婆的面儿该谈的事情。

沃尔特　（瞥一眼埃丝特，犹疑不定）我刚说了什么……

维克托　（试着微笑）我们不需要被拯救，沃尔特！我做了一件必须得做的事，而且我认为我做得不错。你说你已经不再汲汲营营，依我看，你其实和从前一样仍然深陷其中。也许比以往更甚。

埃丝特　（起身）我想走了，维克托。

维克托　别这样，埃丝特，他说这样的话，我觉得我不能就这么算了。

埃丝特　（气愤地）就算如此，那又有什么关系？

维克托　（压制要爆发的冲动）因为不知道怎么搞的，你什么都不明白了！（颤抖着，转向沃尔特）你千方百计想要告诉我的是什么——告诉我我所做的一切都是毫无必要的吗？你想说的不就是这个吗？

［沃尔特沉默不语。

如果我说错了，请纠正我。因为这就是我从刚才的对话中捕捉到的一切。

沃尔特　（对埃丝特）我想根本不可能——

维克托　（态度更加强硬，因为沃尔特似乎要跟埃丝特结盟）什么不可能？……你想要什么，沃尔特！

沃尔特　（未回答维克托的问题，陷入沉默，再开口时声音中透着担忧）我想要自己能有点用处。我痛定思痛，但是光有认识是不够的，我想把我所认识到的付诸行动。

维克托　行动——怎么行动？

沃尔特　（知道这或许是个警告信号，但自尊心占了上风）我觉得……我可能帮得上忙。活着是为了什么，难道就只是为了一次次去重复同样的错误吗？我不想再像以前那样，错过这次机会。

［维克托未被说服。

我必须对你说，如果你不愿跟我再往前迈一步，那么你只是在自暴自弃。

维克托　就像我以前一样。

［沃尔特默不作声。

你是这个意思吗？

沃尔特　（犹豫不决，然后恐慌又绝望地接受了挑衅）对，没错，我就是这个意思。

维克托　嗯，我想也是。瞧，干警察这行的必须学会一点，那就是听话听音，因为如果你听不对别人的言下之意，你就免不了被人背后插刀子。换句话说，你的意思是，这所有的问题都是我臆想出来的。

沃尔特　（他的人品受到质疑，只得丢开谨慎）维克托，不是我的五百块钱挡住了你，让你没拿到学位！你本可以离开爸，继续读书的——他根本没事儿。

维克托　一千两百万人失业了，那又算什么，是我神经过敏？去街角的希腊餐厅讨要他们不要的生菜那外面一层的叶子，把烂掉的柚子上没坏的部分都切下来……这都是我每晚在自我催眠？

沃尔特　我不是要否认——

维克托　（逼近沃尔特的脸）我们在这儿吃垃圾呢，老兄！

埃丝特　可是这么做的意义——

维克托　（对埃丝特）瞧瞧你这是在干什么，把过去发生的一切都变成臆想吗？（对沃尔特）还说他根本没事儿！那他的脑袋呢，他的脑袋里也没问题吗？那个人连走到街上去都觉得丢脸！

埃丝特　可是，维克托，他已经不在了。

维克托　（觉察到自己处于下风，喊道）别告诉我他现在不在了！（濒临崩溃，站在她面前，孤立无援）可那时候他在这儿，难道不是吗？整个体制都垮了，这难道也是我编造出来的吗？

埃丝特　不是，亲爱的，但现在一切都不同了。

维克托　有什么不同的？我们是负责这座城市正常运转的那群人，危机再来的话，能有个栖身之处就谢天谢地了！（对沃尔特）你怎么能那么对我说？我本可以扔下他，让他靠你每月给他的五块钱过活？抱歉，但我不会被你洗脑的——你是那条上了钩的鱼，别想让我也上钩。你想要将功补过，就不能这样随随便便过来把人当傻瓜。我没有捏造我的生活。起码不全是。你对这里是有责任的，可你却一走了之……你现在可以走了。我会把你的那一半寄给你的。

［他现在与沃尔特相隔整个房间，他别过脸去。一段长时间的停顿。

沃尔特　如果你不再生气，我愿意告诉你一些事，维克？（维克托一动不动）我知道我多年前就该告诉你的。我其实试着说了。你来找我的时候，我跟你说过——记得吗，我说“问爸要钱”？我的确这么跟你说了。

［停顿。

维克托　你到底在说什么？

沃尔特　他有差不多四千块钱的积蓄。

埃丝特　什么时候？

沃尔特　他们在这儿吃垃圾的时候。

［停顿。

维克托　你是怎么知道的？

沃尔特　他之前让我帮他用这笔钱做投资。

维克托　做投资。

沃尔特　是的。那之后没多久，他就把你打发到我那儿去借钱。

［维克托沉默不语。

这就是为什么我每个月只给他寄那么点钱。如果我更狠心一点儿，我连那点钱都不会寄给他。

［维克托一言不发地坐下。一阵羞耻感袭来，将他淹没。他痛苦不堪，目光空洞，谁也不看。

维克托　（似乎仍然在试着理解这个事实）他其实有钱？在银行里？

沃尔特　维克，他基本上就是靠那笔积蓄生活的，直到他去世。我们给他的不够他用，你知道的。

维克托　可是，他还有那些工作——

沃尔特　那些微不足道。相信我，他是靠自己存的钱过日子。我告诉过他，如果他继续供你上学，我会适当帮助你们。但是，在这儿，他让你在各种工作间来回奔波，养活他——他这样瞒着你，我怎么可能再去做无谓的自我牺牲？这你能理解的，对不对？

[维克托转向舞台中央的那把椅子，摇着头，因为愤怒与震惊而长吁一口气。

小弟，现在生气也没用。你知道他当时有多害怕，怕自己再也挣不到什么钱。没什么能让他放下心来。

维克托　（不满地——仍然感到难以置信）可是他看得到我在照顾他，对不对？

沃尔特　可是你能照顾他多久呢？

维克托　（动怒）你这是什么意思，能照顾他多久？他明知道我是不会丢下他——

沃尔特　我知道，但是他一心觉得你离开他是迟早的事。

埃丝特　他就等着维克走掉。

沃尔特　（担心会激怒维克托，对这显而易见的答案，故意避重就轻）唔……可以那么讲，对。

埃丝特　我早就知道！老天，我什么时候才能相信眼见为实！

沃尔特　他怕得要命，亲爱的，而且……（对维克托）我不是说他不感激你，但是他真的理解不了。干脆跟你说吧，维克——我自己也没想到你会帮他帮到那个地步。

［维克托看着他。沃尔特感到他可能会情绪爆发，遣词造句愈发小心。

嗯，你现在肯定明白，当时那样守着他有多离谱，还让你付出了那么大的代价？

［维克托沉默不语。

埃丝特　（忧伤地）他明白的。

沃尔特　（为了抹掉过去的一切，为了达成和解）我们可以一起工作，维克。我知道我们可以的。我很想试一试。你说呢？

［很长的停顿。维克托现在看向埃丝特，看她的表情。他看得出她想让他答应。他几乎想不顾一切一走了之。但最终，他转向沃尔特，声音中透露出一个新的想法。

维克托　你为什么不告诉我他有那些钱？

沃尔特　你来找我借钱的时候我跟你说过。

维克托　说让我去“问爸爸”？

沃尔特　是啊！

维克托　可是，但凡我有一丁点儿概念，知道他屁股底下藏了四千块，我怎么会来找你？跟我那么说是没有意义的。

沃尔特　等一下……（指向那架竖琴）

维克托　别说了，沃尔特！很抱歉，但这对我来说更像一种侮辱。我不是五岁大的孩子！我该怎么理解这事儿？你知道他有那笔钱，还来过这里很多次，你就坐在这儿，你们两个人，看着我穿着这身制服走来走去？然后，现在，你指望我——

沃尔特　（尖锐地）你肯定知道他有些什么的，维克托！

维克托　你来这儿到底想要什么？你来这儿到底想要什么！

沃尔特　好，我能告诉你的就是，我不会坐在这里吃垃圾，而让那东西白白杵在边上！（他用手指着那架竖琴）即便是在当时，这架琴也值两百块，说不定值更多！你的学位就在那儿，就在你眼前，即使撇开其他不说。

［维克托沉默不语，浑身颤抖。

但是，如果你想继续你的这个幻想的话，我无所谓。天知道，幻想，我自己也有不少。

维克托　幻想。

沃尔特　是的，幻想，维克托。你的父亲一无所有，你的哥哥是个混蛋，你什么错也没有。我让你去问他，是因为你一抬眼就该看到他是有些钱的。你当时就知道，你现在也必定知道。

维克托　你的意思是说，如果他剩下几块钱，那——

埃丝特　你这是什么意思，剩下几块钱？

维克托　（试图收回刚才的话）我不知道他——

埃丝特　但你知道他有点儿什么？

维克托　（被抓住把柄；仿佛置身梦境，一切都无法解释）我没那么说。

埃丝特　那你是什么意思？

维克托　（指向沃尔特）你就没什么要对他说的吗？

埃丝特　我想弄清楚你在说什么！你知道他手头还剩了点钱？

维克托　不知道是四千——

埃丝特　但是知道这钱足够他花销？

维克托 （出于愤怒，也出于宣泄，大声喊道）我不可能对他大发雷霆逼他承认吧？他说他什么都没有！

埃丝特 （在陈述，也在询问）但你知道得很清楚。

维克托 我不知道我当时知道什么！（他叫出声来，为自己的声音和说出来的话大吃一惊。他坐下来，呆呆地盯着前方，被自己内心的感受逼到了绝境）

埃丝特 真是场闹剧。这一切就是场该死的闹剧！

维克托 别，别那么说。

埃丝特 闹剧！把我们安置在一间配有家具的出租屋里，这样你好把你的部分工资寄给他？甚至在我们结婚之后，继续寄钱给他？推迟要孩子，活得跟老鼠似的——而这期间你一直知道他……维克托，我在试着理解你。维克托？——维克托！

维克托 （怒吼，极度痛苦）别说了！别出声。（然后）天哪，你不能这样不考虑当时的情况。那人当时就像一只落败的狗，都没脸上街了，你怎么可能再要求他拿出自己最后那点积蓄——

埃丝特 你还说这种话？他有四千块！

［他沉默不语。

他那全是装的！落败的狗！——他就是个精于算计的骗子！而在你内心深处，你是知道的！

［他被事实击中，无话可说，而那事实对他来说仍然难以理解。

难怪你这样麻木不仁——这些年来，你所说的那些话，你自己一个字都不信。我们就是在谎言中虚度了这么多年；一切都付诸东流，日复一日，日复一日……就为了保护一个可悲又吝啬的操纵者。难怪这一切对我来说就像一场梦——因为它就是梦，一场该死的噩梦。我早知道这些全都是假的，我知道却随它去了。好吧，我不会再这样下去了，小子。我一天也看不下去了。我可不准备眼睁睁地等死。（她走向自己的手提包）

［她坐下。停顿。

维克托　（并没有朝她走去，他做不到。他站在离她几码远的地方）真实情况也不是你说的那样。

埃丝特　我们就要死了，这就是真实情况！

维克托　我来告诉你到底发生了什么。你不是想听吗？（她听出了他语气中毫无辩护之意，只有最简单的意思。他从她身边走开，打起精神，看了看舞台中央的椅子，又看了看沃尔特）你那时说的话，我对他讲过，我当着他的面质问他。（他一时没有继续，目光再次移到椅子那里）也不是真的“质问”，只是告诉他——“沃尔特让我问你。”（他停下来，目光落在舞台中央的那把椅子上，深陷在记忆里；实际上，最后那句话是对着那把椅子说的）

沃尔特　然后呢？

［停顿。

维克托　（轻声地）他笑了。我不知道该怎么理解那笑。说实话，（对埃丝特）他的笑声日复一日地在我脑子里盘桓，好像我说了一个让人笑破肚皮的笑话——毕竟我们正在这儿吃着垃圾。（戛然而止）我不知道该怎么办，后来就出去走走。我去了——（他坐下来，目光呆滞）——公共图书馆后面的布莱恩特公园。（稍作停顿）草地上全都是人。看起来就像是一个战场，或者一个大型的露天廉价旅馆。那些人并不都是流浪汉——有的还穿着亮闪闪的皮鞋，戴着体面的帽子，有破了产的生意人、律师、熟练技工。公园里人多的景象，我见过很多次。可是，突然之间——你知道吗？——我明白了。（稍作停顿）不存在怜悯。任何地方都不存在。（瞥了一眼餐桌另一头的椅子）今天你是一家之主，坐在主位，转眼可能连狗屎都不如。一夜之间的事儿。我试图弄明白他那笑声意味着什么。他那时候既爱我，又怎么能瞒我到底？

埃丝特 爱……

维克托 （声音中充满抗议）他是爱我的，埃丝特！他只是不想沦落到草地上去！并不是你不爱那个人，只是你首先要活下来。我们知道那是种什么感觉，对不对？

［她无法回答，感到他话里带刺。

我们做必须做的。（以一个巨大的手势涵盖埃丝特、沃尔特，以及他自己）我们在这儿还有什么好谈的？如果他确实有钱留下，那是——

埃丝特 “如果”他有——

维克托 那又能改变什么！我知道我这么说像个傻瓜，但是，那又能改变什么呢？他不再相信任何人，让我简直受不了！（昔日的情感不期而至，似乎令他懊恼不已。意指沃尔特)他当面打击了他，我母亲，(边说边扫了一眼沃尔特，几乎没停)在他告诉我们他破产了的那个晚上，我母亲……就坐在这张沙发上。她盛装打扮，我猜是为了什么韵事。她的头发高高盘起，还戴着一副长长的耳坠？爸则穿上了他的礼服……他让我们都坐下来，告诉我们一切都完了。接着她开始呕吐。(稍稍停顿。他的声音中厌恶与同情交织在一起)全吐在他的胳膊上，他的手上。吐个不停，就好像要把三十五年来积攒的尽数吐出来。他坐在那里，像下水道一样散发着恶臭。他脸上露出一种表情，一种我从来没见过的表情。他坐在那里，让呕吐物在他的手臂上慢慢变干。(停顿。转向埃丝特)你知道了什么又有什么关系？你知道的所有事你都会去做吗？

[她避开他的目光，感受到了他的哀伤。我不是在找借口；那么做是很傻，不用别人告诉我我也明白。但是从小到大，你被教育要互相信任，被那些胡说八道填满——你不由自主地试图维持现状，仅此而已。我那时候就想，如果我陪着他，如果他能看见有人还在……(突然打住，不知为何，

这些说辞变得不堪一击。他坐下来）我没办法解释这些；我想要……阻止这个家家破人离。我……（不得不再次停住，两眼发直）

［停顿。

沃尔特 （轻声地）这么做没用的，维克。

［维克托看着他，埃丝特也看向他。

你亲眼见到了，对不对？你所说的那些根本就不是问题所在。这点你很清楚，难道不是吗？

维克托 （轻声地、急切地）清楚什么？

沃尔特 （急不可耐地）真的是我们这个家要四分五裂的问题吗？我们真的从小被教育要互相信任吗？我们从小被教育要出人头地，难道不是吗？不然为什么他对我比对你要更尊重？什么四分五裂了？这里有什么可以去四分五裂的？

［沃尔特口中的景象愈发逼近眼前，维克多别开脸去。

这里有过什么爱吗？爸需要妈的时候，她大吐特吐。你需要爸的时候，他一笑置之。让人无法忍受的不是这一切的分崩离析，而是这里从来都一无所有。

［维克托转身面对他，脸上写满恐惧。

埃丝特　（仿佛自己不知怎地也处于别人审视的目光下）但是有谁……谁能够去面对那样的现实啊，沃尔特？

沃尔特　（对埃丝特）你不得不面对！（对维克托）你在图书馆后面所看见的，不是在这个世界上不存在怜悯，而是在这所房子里根本不存在什么爱，什么忠诚。在这里，除了直截了当的财务安排，什么都没有。这才是令人无法忍受的。而你选择义无反顾地抹去了你的亲眼所见。

维克托　（痛不欲生）抹去——

沃尔特　维克，我一直困在这间牢笼里。我浪费了三十年来保护自己不受灾难的连累。（指着椅子）一直到我看清楚，根本不存在什么灾难，从来都没有，我这才活着走了出来。他们从未爱过对方——她说过上百次是婚姻毁了她的音乐生涯。我看得清清楚楚这里根本没什么分崩离析，维克——我不再受他那带着满手污秽的形象的困扰，不再寻寻觅觅到底是谁背叛了谁；我的日子现在只属于我自己，我也不再害怕冒险去相信谁。我曾经想要的就只是从事科学工作，可我却创造出一个高效的、不受灾害侵袭的赚钱机器。你呢——（对着埃丝特，脸上浮现出温暖的笑容）他见不得血。他害羞、敏感……（对维克托）你做了什么？你一头扎进这世上最为暴力的行业中去。维克，我们都重新创造了自己，以便抹去我们所知道的东西。你创造了一种自我牺牲的人生，一种负责任的人生；可是对于这里根本不存在的东西，你是不可能维系下去的。你不是在维系什么，你是在抗拒你早已认清的事物的真面目，也是在抗拒你自己。而这就是如今横亘在我们俩之间的——一个幻觉，维克。在你的幻觉里，我对他们弃若敝履，你就必须罩着他们来对抗我。但是我当时看到的只不过是你现在看到的——这里根本没有什么值得背叛的东西。我不是你的敌人。一切都不过是一场幻觉，如果你能走出幻觉，我们就能重新团聚……（把和解的责任放在了维克托身上）你看，这就是为什么我之前说，住院时——我忽然感到我们……我们是兄弟。就像两条道路，看上去不同，但其实是从同一个困境岔开来的。或者几乎就像是——（他笑容亲切，略带迟疑）——同一个人，被分成两半，似乎不太能独自前进。你有这种感觉吗？

［维克托沉默不语。

维克？

［停顿。

维克托　沃尔特，告诉你吧——有时候，我都不记得自己有什么跟你过不去的了。（空洞地笑笑，痛苦不堪）那感觉就像一块石头压在我心里。我看到商店橱窗里的自己，头发掉了很多，在街上巡逻——我想不起来为什么恨你。当所有的原因都消失——当你甚至不能再去憎恨，而你又试图弄明白这是为什么，你会疯掉的。

沃尔特　因为那一切都不是真的，维克，在你内心深处，你是知道的。

维克托　那么请给我一些真实。

沃尔特　我能给你什么？

维克托　现在我不是在责怪你，我是在请求你。我能理解你的一走了之。我想过千百次，若是自己也那么做该多好。但是，这么多年来知道真相却绝口不提的你，现如今就这样跑过来……

沃尔特　如果我说——维克托——如果我说我确实有妨碍你前途的心思，即便我这么说，现在又能给你带来什么？

维克托　你确实那么想吗？沃尔特，告诉我真相。

沃尔特　我想自由自在地去从事自己的工作。那意味着我偷走了你的生活吗？（*站起身，大声吼道*）你做出了那些选择，维克托！那你就必须去面对！

维克托　但是，你面对的是什么？你休想把我变成一个行走的、五十岁的错误——你离开后我们还得回到这个家，我们还得朝夕相对。你面对的又是什么？

沃尔特　我能想到的所有办法，我都已经告诉你了。

维克托　要是你来真是为了给我点什么，我会知道的！我不可能不知道！

沃尔特　（*走过去取大衣*）你想要的不是真相，你想要的是一个恶魔！

维克托　你来不就是想要握手言和吗，难道不是吗？想要听我说句没关系！

［沃尔特在门口停下来。

你到头来获得了尊敬、事业、金钱，还有最棒的一点——因为没有人告诉你所以你可以去相信——那就是你是个再好不过的人，你这一辈子从未伤害过任何人！告诉你，你别指望你会得到这一点，除非我得到了我的！

沃尔特　那你呢？你难道从来没恨过我？从来没想看我被摧毁？或者摧毁我，就用你圣徒般的自我牺牲、这沦为笑柄的牺牲来摧毁我？你会给我什么，维克托？

维克托　我没什么可给你的。早就没有了。你也给不了我什么。本来就没有什么好给的——这我现在明白了。我只是不想他沦落到草地上去，他最后也没落到那一步，这就行了，我不再需要任何别的了。我没办法跟你一起工作，沃尔特。我不能。我不信任你。

沃尔特　报复。直到最后都是在报复。（对埃丝特）他是在为了报复而牺牲自己的生活。

埃丝特　没有什么是被牺牲了的。

沃尔特　（对维克托）你是在用你的失败来证明我是个背信弃义的混蛋！——把你自己吊死在我的门口！

埃丝特　你走吧，沃尔特——请别再说了！

沃尔特　（受到她的羞辱，火冒三丈，不假思索地向门口迈了一步）你放弃了，你们俩都是。（也对维克托）你们全部的思想，归根结底就是逆来顺受，自暴自弃。你们这就是嫉妒！

［所罗门进场，惴惴不安，目光在众人身上逡巡。

直到这一刻你们也没勇气去正视现实！但是你们的失败并不会赋予你们道德上的权威！在我这里不成！我做出了选择，并为之辛苦付出，如果没有我的付出，有些如今活得好好的人早就不知死哪儿去了。一点也不错。（一边向门口走去，一边指向舞台中央的椅子）他比我们都聪明——他明白你想要什么，然后他给了你！（突然伸出手，抓住所罗门的脸，笑出声来）放手干吧，你这老杂种——尽管坑他们的钱，他们乐意被坑。（放开手，转向维克托）你永远、永远休想再让我蒙羞！（大步向门口走去。一件晚礼服摊开在餐桌上，他看到礼服，吃惊地停下脚步）

［忽然间，沃尔特将礼服一把抓起，冲到维克托面前，大吼一声将礼服甩在

他身上。他这疯狂的举动让维克托不得不后退一步。

维克托 沃尔特！

[一丝讪笑从沃尔特脸上一闪而过。他想凭空消失。他转过身，几乎没再看维克托一眼，径直走到门口，挺直脊背，走了出去。

维克托 （犹豫不决地朝门口走去）他现在这个样子，或许我们不该放他到街上去——

所罗门 （用手势阻止他）让他去。

[维克托迟疑地转向所罗门。

你能做什么呢？

埃丝特 不管你看到什么，哈。

[所罗门询问似的转向她。

你相信你所看到的。

所罗门 （以为埃丝特在反驳他）那又怎么样？

埃丝特 没什么——好极了。大概那就是为什么你的生意还在继续的原因。

[维克托转身面向她。她盯着门口。

我第一次走上这楼梯的时候才十九岁——真不敢相信。他有个哥哥，是世上……最聪明、最棒的年轻医生。他在不久的将来也会当上医生。不管怎么样，反正会的。（转身面对舞台中央那把椅子）还有一位很亲切、好心的绅士，总在那儿等着听新闻……没过一个星期，一群我们完全不认识的人就来了，家里的东西砸的砸，摔的摔，全拿走了。很多时候，我想——他最想做的事就是跟他哥哥聊聊，如果他们能——可是，他来了又走了。我还是那个感觉——这不是糟透了吗？我总是想，再试一下，说不定他们就能出人意料地互相原谅，大家就都轻松没事儿了。什么时候才能不再这么……傻呢？

所罗门　我有过一个女儿，是自杀死的，愿她安息。差不多五十年了。每天晚上，我躺下睡觉，她都坐在那儿。我能清楚地看见她，就像看见你那样。但是，如果有奇迹令她复活，我会对她说什么呢？（转身对着维克托，付钱给他）好，你拿了七百；所以我再给你八百、九百、一千、一千一——他到处摸索，找出一张五十的钞票——还有算上那架竖

琴的五十块。好了，劳驾——我今晚还有很多工作要做。（取出笔记本和铅笔，开始仔细列清单，记下每一件东西）

维克托　（把钱折起来）你愿意的话，我们还来得及去看那场电影。

埃丝特　好啊。

［他走向放正装的地方，着手撕掉衣服上的塑料包装。

别费事儿了。

［他抬眼看她。

（她转向所罗门）再见，所罗门先生。

所罗门　（目光从笔记本上抬起）再见，亲爱的。我喜欢你这一身，真的非常漂亮。（回到工作中）

埃丝特　谢谢。（走出门去，不带一丝留恋）

维克托　（扣上腰带，紧了紧领带）你什么时候把这些东西弄走？

所罗门　只要老天保佑我还活着的话，明儿一大早就来。

维克托　（指着那套正装）那么，我晚点儿回来取这个。

还有我的花剑、面具和手套。（穿上他的制服外套）

所罗门　（继续他的记录工作）别担心，我不会动它们的。

维克托　（伸出手去）很高兴认识了你，所罗门。

所罗门　我也是。我想要谢谢你。

维克托　为什么谢我？

所罗门　（扫了一眼家具）这么说吧……谁能相信我会又重操旧业了呢……（自行截断话头）走吧，走吧，我这儿还有好多活儿要做呢。

维克托　（向门口走去，一边戴上帽子）祝你好运。

所罗门　有没有好运，不到最后一刻是不会知道的，小子。

维克托　（微笑）你说得对。（最后再次环顾一眼这间屋子）那就这样了……再见。

所罗门　（看着维克托走出门去）再见，再见。

屋子里只剩他一个人了。他手中握着笔记本和铅笔，提笔再次开始记录。可是当他环顾四周，要处理这一屋子家具的挑战压得他喘不过气来，令他害怕又担忧起来。他的手摸到脸颊处，他战战兢兢地扯了扯上面的皮肉，眼睛环视四周。

他的目光落在留声机上。他走过去，端详起来，上好发条，将唱臂放在唱片上，打开开关。《笑声集锦》播放起来。随着两个喜剧演员表演的进行，他阴郁的表情不见了，取而代之的是一脸惊喜。此刻，他露出微笑。他咯咯直笑，他想起来了。笑声满溢，他在回忆中频频点头。他大笑着，摇头晃脑，仿佛在说："这玩意儿居然还能放！"唱片里的笑声和他自己的笑声混在一起，越来越响。他扶着脑袋，笑得停不下来，在舞台中央的椅子上坐了下来。他向后仰靠在椅背上，摊开全身，笑得眼泪都出来了，难以抑制地对着空中一阵长嚎。

幕布缓缓落下

作者的演出说明

在维克托和沃尔特的角色表现上，应该注意精确把握一定程度的同情心。对于沃尔特尝试赢回维克托的兄弟之情这一点，演员不应将它仅仅当作是一种操纵心理。沃尔特从上场到下场，一直试图将他从自己身上获得的自我理解付诸行动，这个角色需要表现出开放坦诚、内心需求的深度、间接流露的痛苦，与此相应，会适度地唤起人们对他的同情。

这一建议不仅针对舞台效果，也关乎本剧的主题。就当今世界而言，剧中两兄弟的性格特点都很有必要；毫无疑问，他们各自的心理、道德价值观之间的冲突正处于社会矛盾的核心。因此，本剧的演出务必克制评判，而应着重从两人的视角出发，全面表现他们的人性。实际上，他们二人都向对方证明了对方所深知却不敢面对的事情。最终，他们每一个都在向对方索要早已丧失于时光中的东西，结果只能触碰到自己的生活结构。

如果情况需要，演出可以如剧本所示，在第一幕结尾加入幕间休息。但不间断的连续演出效果更佳。

剧本由乌卢·格罗斯巴德执导，罗伯特·怀特黑德出品，一九八六年二月七日在纽约的莫雷斯科剧院上演。

演员表

（按出场顺序排列）

维克托·弗朗茨	帕特·辛格尔
埃丝特·弗朗茨	凯特·里德
格雷戈里·所罗门	哈罗德·加里
沃尔特·弗朗茨	阿瑟·肯尼迪

Arthur Miller
THE PRICE

图字：09-2018-1300 号

图书在版编目(CIP)数据

代价/(美)阿瑟·米勒(Arthur Miller)著；麦熙雯译. —上海：上海译文出版社，2021.3(2023.6重印)
(阿瑟·米勒作品系列)
书名原文：THE PRICE
ISBN 978-7-5327-8660-2

Ⅰ.①代… Ⅱ.①阿…②麦… Ⅲ.①话剧—剧本—美国—现代 Ⅳ.①I712.35

中国版本图书馆 CIP 数据核字(2021)第 034908 号

代价
The Price

Arthur Miller
阿瑟·米勒 著
麦熙雯 译

出版统筹 赵武平
责任编辑 王 源
装帧设计 周安迪
封面插画 小肥鸡 Lia

上海译文出版社有限公司出版、发行
网址：www.yiwen.com.cn
201101 上海市闵行区号景路159弄B座
杭州宏雅印刷有限公司印刷

开本 787×1092 1/32 印张 6.25 插页 5 字数 66,000
2021 年 4 月第 1 版 2023 年 6 月第 4 次印刷

ISBN 978-7-5327-8660-2/I·5345
定价：49.00 元